Author by Oumi Kifuru
Original work by x0o0x_
Illustration by Yu.
著――木古おうみ
原案――x0o0x_
イラスト――游
きさらぎ異聞
Novelize
～猿夢・くねくね～
一迅社
KISARAGI STRANGE TALE
大学生 尾田環
野明
JN118303

猿夢（さるゆめ）

血走った目で、
歯を剥き出しにキイキイと鳴いている。
二足歩行で疾走する猿たちは、
両手に刺身包丁のような刃物を握っていた。

手も足もない。
闇の中でもわかるほど真っ白なものが、
ひとりでにくねくねと、
くねくねと蠢いていた。

くねくね

目次 Contents

猿夢

くねくね

きさらぎ異聞 NoVelize
～猿夢・くねくね～

[著者]
木古おうみ

[イラストレーター]
游

[原案]
x0o0x_

Published by ICHIJINSHA

第一章　猿夢

いますよ～」

しい悲鳴が聞こえてきました。

ていました。

づくりでした。

残っていました。

ID：uprtcs3.
299　ある日私は夢の中で薄暗い無人駅に一人いました。
すると急に駅に陰鬱な声でアナウンスが流れました。

「まもなく、電車が来ます。その電車に乗るとあなたは恐い

「次は活けづくり～活けづくりです。」
活けづくり？魚の？などと考えていると、急に後ろからけ

振り向くと、電車の一番後ろに座っていた人に四匹の猿が
よく見ると男性はおおきなはさみで体を裂かれ、まるで魚
響いていた男の人の絶叫が急に止まり、後には赤黒い何か

するとまたアナウンスが流れました。

「次はえぐり出し～えぐり出しです。」

6月23日

風は生暖かく、錆びた鉄の匂いがした。

私は駅のホームに立っていた。昔、遠足で乗った私鉄沿線の駅のようだったけど、ひどい荒廃具合だった。点字ブロックは剥(は)がれかけて、今にも落下しそうな電光掲示板は、はみ出した電線が火花を散らしている。辺りは霧が立ち込めて、非常灯の薄紫の灯りを乱反射した。

頭上からざらりとしたノイズが響いて、陰鬱な男の声がした。

「これに乗ると貴女(あなた)は怖い目に遭いますよ」

子ども騙しのアナウンスと思いながら、私は一歩後退る。

そのとき、生温かい風が吹いて、ホームに真っ赤な列車が滑り込んだ。

電車というより、長方形のトロッコを一列につないだ、まるで遊園地にあるお猿電車のよう。煙突付きの汽車を模した先頭車両には、小さな猿のおもちゃが乗っている。駅員の制服を着て、帽子をかぶった猿だ。マスコットのようだが、本物の獣のように汚れた毛と、歯を剥き出す笑顔が不気味だった。

私は視線を動かして、息を呑んだ。数珠つなぎの列車に、ひとが乗っている。

私は彼女を知っている。最前席に座っているのは同じクラスの委員長だ。真っ青になってガタガタ震えている彼女を見て、一瞬誰だかわからなかった。

彼女はいつも自信ありげで、一年生の頃から先輩にも平気で意見して、クラス委員にも自分で立候補した。普段は上げている前髪は、冷や汗で真っ青な顔にべったりと張り付いている。

彼女はジェットコースターに乗るみたいに強張った顔をして座席にしがみついていた。その後ろにも、また後ろにも、ひとが乗っている。みんな私のクラスメイトだ。委員長以外の全員は死んだようにぐったりと眠っている。

またスピーカーからくぐもった声が聞こえた。

「次は活け作り……」

ノイズに混じって金属を擦り合わせる音が響いた。錆の匂いが濃くなる。錆ではなく、血だと直感した。逃げようとしたが、足が動かない。

委員長は震えながら私を睨む。何か言ったようだったが、委員長の声は甲高い鳴き声に掻き消された。風に生臭い獣の臭いが絡む。

ホームの向こうから駅員の制服を着た人影が駆けてくる。子どものような小さな身体。違う、猿だ。先頭車両のぬいぐるみと同じ、駅員の制服と制帽をまとっていた。血走った目で、歯を剥き出しにキイキイと鳴いている。二足歩行で疾走する猿たちは、両手に刺身包丁のような刃物を握っていた。

猿たちはうめき声をあげる生徒たちの頭を踏みつけて、こちらに向かってくる。委員長の手がお猿電車の端を掴んだ。ガタガタと車両が揺れる。細い身体にシートベルトが食い込んで彼女を逃がさない。

「来るな！　ふざけんなよ！　何なんだよ！」

委員長がこんなに声を荒げるのは初めてだった。

猿が跳躍し、刃物を振り上げる。私は咄嗟に顔を覆った。悲鳴と金属が触れ合う音、ぐじゅりと嫌な音が聞こえた。

列車が揺れる音、柔らかいものを掻き混ぜるような響き、うっうっと押し出すような嗚咽。温かい雨が私の腕と頰を濡らした。

雨はシーツに変わって身体にまとわりついた。ベッドが軋む。私は汗で重くなった布団を掻き寄せた。

「最悪だ……」

午前六時半。アラームをセットした時間までまだ余裕があるけど、二度寝する気にはなれなかった。

夢の中の光景を頭の中から追い出すために私は薄暗い部屋を見回した。父が借りてくれた、必要最低限の家具しかない真っ白で無機質なワンルームマンションだ。趣味のものや部活の道具、アイドルのポスターのような高校生らしいものはひとつもない。観葉植物もとうに枯れ果てていた。

私は湿ったパジャマを脱ぎ捨てて洗面台に向かった。顔を洗って鏡を見ると、目の下にクマができていた。私はファンデーションで念入りに目のふちを塗りつぶす。化粧は最低限。おしゃれに興味はない。今年に入ってから入れたインナーカラーも、鋭い目つきを隠すためのマスカラも学校で生きていくための武装だ。

喉がひりつく。寝ている間に叫んだらしい。悪夢で飛び起きるなんて小学生以来だった。

あの頃は泣きながら目覚めたら夜中でもお手伝いさんが駆けつけてくれた。小さい頃は彼女が私のお母さんなんだと思っていた。でも彼女は本当の母に辞めさせられてもういない。風邪が長引いて、厨房でよく咳をしていたからというだけの理由で。

私が何を食べていようが気にしたこともないくせに。

スマートフォンをタップすると父からの通知が現れた。電子マネーでお小遣いを送金したという簡素な連絡。

「スタンプ一個送る時間すら惜しい？」

私はまたベッドに寝転んだ。

＊＊＊

女子高生には不似合いな高層マンションは、オートロックで管理人が二十四時間いて、学校まで徒歩五分だった。一緒に登校する相手がいなくても目立たないのだけはありがたかった。

そうは言っても、歩いて登校する生徒は半分くらいで、残り半分は車の送迎だ。校門に並ぶ黒い高級車の群れは虫の大群のようだといつも思う。

全校の人数は六百人余り。その中には日本有数の金融系企業のひとり娘や、江戸時代からある名家の末裔までいる。

都内有数のお嬢様高校といっても、教室に入ればみんな普通の女の子ばかりだ。クラスメイトの会話が漏れてくる。他校の男子と付き合っていた子が別れたとか、インフルエンサーが宣伝していた韓国コスメとか。三日後には皆忘れているような話題を毎日かき集めて心の底から笑っているなんて、信じられなかった。

私は席について文庫本を開く。内容なんてほとんど覚えてない。ただ、ホームルームの時間までみんなの視線を弾(はじ)くための盾だ。

私は本を捲(めく)るふりをして教室を見渡す。入学から二年、クラス替えもなく、既に生徒たちのグループは確立されていた。生粋のお嬢様たちと、親が頑張って入学させた中流階級の子たち。私は何処(どこ)にも属せない。学校をサボりがちになってから、周囲からの敬遠の視線は更に強くなった。見下しよりはマシだと自分に言い聞かせる。

ホームルームの直前なのに、教室の一番後ろで偶然迷い込んだように立ち尽くしている生徒がいた。彼女の机には別の女子が上履きを載せて座っているからだ。彼女は無言で縮れた長い前髪の下から自分の席を睨んでいた。

チャイムが鳴り、机に脚を載せていた生徒がわざとらしく声をあげる。

「あっ、綿口(わたぐち)、いたんだ？　気づかなかった」

「ずっといたけど……」

消え入りそうな声を周りの女子が聞き届けたかはわからない。綿口は靴跡のついた机を何度も拭って席についた。媚(こ)びることも平気なふりもできないなら、せめて気丈に振る舞えばいいのに。

綿口の唇が小さく動いた。死ね、と言っているように思えた。

二度目のベルが鳴ると同時に教室のドアが勢いよく開いた。

「ごめんねえ、プリントのコピーしてたら遅くなっちゃった！」

クリーム色のカーディガンを揺らして駆け込んできた先生が額の汗を拭う。最前席の生徒が声をあげた。

「お母さん、遅刻！」

「もう、岡阿弥(おかあや)先生でしょ」

眉根を下げて窘(たしな)める表情は柔らかい。お母さんとあだ名で呼ばれてるのも、名字だけのせいじゃないと思った。

岡阿弥先生は去年まで副担任だったけれど今年から私たちの担任になった。今までは家庭の事情で一クラス受け持つ余裕がなかったらしい。詳しくは知らないし、知る気もなかった。

　ただ、サボりがちで仲のいい子もいない私を他の教師が持て余す中、岡阿弥先生だけはずっと私を気遣ってくれた。担任になってくれてよかったと思う。

　先生はいつも通り出欠を取っていく。

「間（あいだ）さん？」

　答えはなく、先生は皆を見回した。

「あら、間さんは？」

「まだ来てないの。委員長、皆勤賞目指してたのに」

「間さんが遅刻なんて珍しい。事故や病気じゃないといいけど……」

　先生は首を傾（かし）げて、次の生徒を呼んだ。

　夢の中の列車が蘇（よみがえ）る。最前席に座る委員長の恐怖に満ちた表情。悪寒が背中を突き抜けて、私は思わず自分の腕をさすった。

「月野（つきの）さん、月野明（めい）さん？」

　先生の声に私は顔を上げる。

「大丈夫？　顔色が悪いけど」

「はい、大丈夫です……」

私はやっとの思いで返事をした。身体は冷たいのに、あの生暖かい風が教室に満ちているような気がした。

始業のベルが鳴り、先生は鞄（かばん）からプリントと画用紙を取り出す。

先生自作のイラストで要所にイラストが描かれた教材は、世界史の授業なのに幼稚園のお絵描きの時間のようだった。

「じゃあ、教科書を開いて。前回は、そう。ダーウィンの話ね。彼の唱えた進化論は今でこそ常識だけど、当時は猛反発だったの。何故（なぜ）かわかる？」

唐突に話を振られた最前列の生徒は慌てて目を擦る。先生は苦笑した。

「まだみんな眠い時間だから、音読で目を覚ましましょう。出席番号一番の間さんはお休みだから、次の伊波（いなみ）さん。コラムの部分ね」

派手なピンクのベストを着た生徒が立ち上がる。髪を留めたキャラクターのヘアクリップにも先生は注意しない。

「はあい。ええっと『笑いの文化史』。『笑う、という行為は人間にとっては当たり前だが、それができる動物は少ない。ダーウィン曰く、笑い声をあげるのは人間と類人猿のみに限られる』……」

所々つっかえながら読む様を先生は微笑（ほほえ）みながら見守った。

「そうね、人間を含む類人猿は笑うことができる数少ない動物です。みんなもちゃんと笑ってる？　受験が気になる時期だけど、一度しかない学生生活、たくさん笑って思い出を作るのも大事よ。もちろん、勉強も大事だけど」

教室にさざめくような笑いが起きた。先生は二枚のプリントを黒板に貼り付けた。

私は教科書から視線を上げて、息を呑む。深緑の板に貼られていたのは、威嚇するように目と牙を剥いて笑う猿だった。

「ダーウィンの指摘から百年後、ファン・フーフというオランダの学者が人類の笑いは二種類に分類できると言ったの。その中で声を出さない笑いは、チンパンジーのグリマスという表情に起因するという説があってね。それは猿が自分より強い者に恐怖を感じたとき、服従を示すために浮かべる笑いなの」

冷たい手で内臓を掴まれたように胃が痛む。

あれはただの夢だと自分に必死に言い聞かせた。鼓膜の奥で刃物を擦り合わせる音が響き出し、私は耐えられずに立ち上がった。

「月野さん？」

先生の声を背に、私は教室を飛び出した。

女子トイレに駆け込んで洗面台に蹲る。朝食を食べてないから胃液しか出ない。自分の嗚咽を掻き消すために蛇口を捻って盛大に水を出した。

冷たい水が頬を打ち、頭の中が冴えてくる。クラスの皆に変な奴だと思われただろう。高圧的で近寄りがたいと思われるのは慣れたけど、馬鹿にされるのはまた違う。どちらにせよ同じことか。

私は水を止めて口を濯いだ。びしょ濡れの前髪を拭って鏡に向き合う。蛍光灯を反射するタイルと、青白い顔の私。そして、シンバルを握った血走った目の猿。私は悲鳴を上げて飛び退いた。床にへたり込みそうになるのを何とか堪える。錯覚だ。

逃げ出そうとしたとき、授業の終わりを告げるベルの音が響いた。もう一度見た鏡から猿の姿はもう消えていた。

「月野さん？」

背後から響いた声に私は飛び上がりそうになる。トイレの入り口に先生が立っていた。

「本当に大丈夫？　体調が悪いんじゃない？」

心配げな表情に、私は何とか頷いた。

「朝からお腹が痛くて、すみません、今日はもう帰ります」

「そう……独り（ひと）で帰れる？」

「タクシーを呼びますから」

「おうちに誰かいる？」

私は「はい」と嘘（うそ）をつく。先生は私の肩にそっと手を置いた。凍りついた身体が溶けるような温かい手だった。

「月野さんが本当は真面目で優しいの、先生は知ってるの。だから、みんな大丈夫だと思っちゃうのね」

先生は優しく微笑む。お母さん、と呼ぶようなふざけ方はとてもできないけれど、普通の母親とはこういうものかと想像する。

「でも、辛（つら）かったら周りに頼っていいのよ」

私は無理矢理笑みを作った。先生が返した笑顔は私と違ってとても自然だった。

＊＊＊

家に着くなり、私はベッドに倒れ込む。換気してない部屋は熱気が篭（こも）っていて吐き気がした。

スマートフォンの通知は、父の送金以来増えていない。メッセージを送ろうと思ってやめた。せいぜい薬代が送られてくるだけだ。父の金で買った薬なんて飲んだら、余計身体が悪くなる。

両親の仕事について知ったのはお手伝いさんが辞めてからだった。それまでは彼女が上手(うま)く隠してくれていた。隠さなきゃいけないくらい汚い仕事だからとわかったのはもっと後のこと。

父は表向きは中国を始め、アジアで活躍する貿易商だが、裏では逮捕されないギリギリのことに手を染めているらしい。密輸に携わったり、犯罪者を法の手の及ばないところに逃がしたり。母もその手伝いをしている。ほとんど政略結婚だったようだけど、お似合いの夫婦だと思う。

母から優しい言葉をかけられた記憶はない。年に数回、定期テストや模擬試験の点数を尋ねてくるだけだ。企業のダイレクトメールの方がまだ温かみがある。

今日、岡阿弥先生に言われたことを思い出す。クラスでも浮いていて、サボりがちな私なんて、厄介そのものだろうに。真面目で優しいだなんて。

まだ同級生と少しは会話していた頃、クラスメイトに聞いたことがある。私の両親の仕事を知っているかと。返ってきたのは困ったような笑みだった。

先生が言っていたグリマスだ。強い者に服従を示すための笑顔。私がいじめられなかったのは好かれてるからじゃない。報復が怖いからだ。それからの私は群れに属さない猿になった。

・静かな部屋で横たわっていると、悪夢が蘇りそうになる。私は動画サイトで適当な音楽を探した。騒がしくて、でも、明るくなくて、孤独じゃないと錯覚できるものがいい。

新着の動画をタップした。一部では有名なバンドらしい。投稿者は「シ者」。死者みたいだと思う。シ者の音楽は案外心地よく、私はいつの間にか意識を手放した。

濃厚な鉄錆の匂いが鼻をついた。

私の腕は真っ赤なペンキに浸したように濡れていた。髪から滴る生温かい液体が、赤い雨になって視界を汚す。瞬（まばた）きすると、睫毛（まつげ）についたゼリーのような塊がぬるりと頬を伝い落ちた。

私は恐る恐る目元を拭う。飛び込んできた光景に、喉の奥から胃酸がこみ上げた。目の前が真っ白になるのに鮮烈な赤が網膜に染みていく。昨日と同じ夢だ。

私は何も見ていない。最前列の車両にへばりついた髪と、吐きつけたピンク色のガムのような塊なんて見ていない。血濡れのトロッコの中にいるのは。

「委員長……」

言葉と一緒に苦いものがせり上がって、私はその場で嘔吐する。

委員長はトロッコの縁に腕をかけて、天を仰いでいた。見開いた両目は乾き果てて、眼球の上に蝿がたかっている。

死んでいた。

だって、彼女のブレザーの下の腹は、まるで刺身の活け作りのように。

これは夢だ。ただの夢だ。覚めろ、早く覚めろ。嘲笑うように、また陰鬱な声のアナウンスが降り注いだ。

「次は抉り出し……」

私は顔を上げる。

先頭車両方向のホームから昨日と同じ、駅員の制服を着た猿が駆けてきた。今度はグレープフルーツを食べるときのような先が尖った大きなスプーンを握っていた。血走った眼を剥いて、歯の隙間から唾液の泡を飛ばして。甲高い悲鳴が響いた。

猿たちは委員長の死体の真後ろの車両をガタガタと揺らす。

ピンクのベストを着た女子生徒、同じクラスの伊波だ。彼女は汗だくの顔で振り返る。私と目が合い、伊波は言った。

「助けて……」

私はえずきながら立ち上がった。

大して仲良くもない。ろくに話したこともない。でも、あんな死にざまをまた見るのはごめんだ。私は歩き出した。一歩進むごとに血を吸ったスニーカーの底が音を立てた。

猿たちがキイと鳴いて、私を見る。

こっちに狙いを変えたんだ。あの電車に乗せられていないから自分は安全なんじゃないかと思っていた。後悔してももう遅い。

猿たちはものすごい速さでこっちに向かってくる。

立ち竦（すく）んだ瞬間、真っ青な影が私の前に立ちはだかった。

「え……？」

目の前に少女が立っている。

見たこともない娘だった。それどころか、現実に存在するものじゃないみたい。

顎のあたりで切り揃えた少女の髪はエラーを起こしたパソコンの画面のような青だった。フリルがたっぷりのドレスじみたワンピース、頭にはウサギの耳のように結ばれたリボンが揺れている。

大きくて光のない目といい、真っ白で可愛らしい小さな顔といい、まるで精巧に作られた人形のようだった。

そして、彼女の細い手には、まったく不似合いなバールのようなものが握られていた。

少女は光のない瞳で私を一瞥し、バールを振り抜いた。咄嗟に後退った私の頭上を風圧が掠める。ごんっ、と鈍い音がして、バールの先端が一匹の猿の脳天を直撃した。猿の身体が吹っ飛び、ホームの向こうに落下する。私も、列車に乗せられていた生徒も事態が呑み込めず、呆然としていた。

「何……誰……？」

猿たちが威嚇する。少女は無表情にバールを握り直した。

特大のスプーンを握った猿が疾走し、少女に飛び掛かった。少女は素早く身を退き、バールを回転させた。二股の先端がスプーンにかみつき、猿の手から柄をもぎ取る。

少女は返す刀で、武器を奪われた猿の横面を殴りつけた。次々と襲い掛かる猿の群れを少女は簡単に打ちのめしていく。ホームランのように打ち上げられた猿が天井に

ぶつかり、電光掲示板がショートして落下した。

薄紫色の光が消え、辺りが暗い霧に包まれる。

霧の向こうで蠢いた猿たちが、じりじりとこちらに近づいてくるのがわかった。

少女は片手のバールでホームを叩（たた）き、火花を散らした。そして、もう片方の手で私の腕を掴んで言った。

「数が多すぎる。一度退く」

「え？　ちょっと、待ってよ……」

抵抗する間もなく少女が走り出す。私は少女に引っ張られて、訳もわからずに駆け出した。少女の散らす火花が明かりとなって私たちを導く。

「ねえ、貴女誰？　ここは何？　どうなってるの？」

少女は答えない。

暗がりに目が慣れて、霧の向こうの光景が見えてきた。

鉄骨のアーチとジェットコースター、赤と白の幌（ほろ）のついたメリーゴーランド。遊園地だ。

「駅じゃない……」

アトラクションの音だろうか、遠くからサイレンが聞こえた。血の臭いとは違う、ツンとする匂いが鼻をついた。

6月24日

私は目を覚ます。

全身を濡らした液体は汗で、血肉の塊じゃない。スマートフォンからは知らない音楽が流れ続けていた。まだ消毒液の匂いがこびりついている気がする。

ひとが死んでいた。委員長が殺されていた。魚を捌くように簡単に。

ただの夢なのに、何もかもが生々しかった。私はスマートフォンを投げ捨て、制服に着替える。

「冗談じゃない……」

アスファルトを踏みしめながら私は呟いた。私と同じ制服を着た学生たちが振り返る。知ったことじゃない。

毎回あんな悪夢を見るなら一生眠れなくなる。病院に行った方がいいのかもしれない。登校する気にもなれなかったが、部屋にいるよりはマシだった。

委員長の悲鳴が蘇る。教室にいていつも通り平気な顔をしている彼女を見れば少し落ち着くはずだ。こんなにもクラスメイトに会いたいと思ったのは初めてだった。

教室の扉を開けると、クラスがざわついていた。委員長の席に彼女の姿はない。生徒たちは不安げに言葉を交わしている。

嫌な予感が頭を過った。席についた瞬間、先生が入ってきた。いつもの笑顔が消え失せた、暗い表情だった。

「みんな、落ち着いて聞いてね……」

先生はハンカチを握りしめて教壇に立つ。普段ならからかいのひとつでも投げるはずの皆は異様な雰囲気に静まり返った。次の言葉を聞きたくない。塞ぎかけた耳に先生の静かな声が響いた。

「昨日、間さんが亡くなりました」

視界が真っ暗になった。皆のどよめく声が遠い。

「嘘でしょ、何で委員長が？」

「原因はわからないらしいの。ただ、昨日急に……」

「どうして？　あんな元気だったのに！」

「ごめんね、先生も詳しくは知らないの」

私にはわかる。委員長は「活け作り」だった。

刺身包丁で全身を切り刻まれて、悪夢から覚めるまでもなく心臓が止まった。私は自分の腕を握りしめる。張り付いた委員長の血と肉と髪が、私の身体をなぞりながらずるずると落ちていくのを想像した。

それ以上に考えたくないことがある。悪夢の中の列車には、クラス全員が乗っていた。

ざわめく教室の後方から、くすりと湿った笑い声が漏れた。振り返ると、一番奥の席の綿口が肩を揺らしていた。

泣いているような仕草だったが、縮れた前髪に隠れた口元は確かに笑っていた。

万が一だけど事件性があるかもしれないからと、休講を告げる先生の声にチャイムが重なった。

クラスの皆はラットの迷路実験のように狭い教室を駆け回って、口々に言葉を交わしていた。

頭がおかしくなりそうだ。私はふらつく足で席を立ち、そのまま教室の戸に手をかけた。

背中にクラスメイトの視線が刺さる。級友が死んだときですらそんな態度かと言いたいんだろう。本当のことを言っても仕方ない。

わざと大きな音を立てて戸を引いたとき、囁き声が聞こえた。

「委員長、何で死んだんだろう」

「自殺かな」

「あの子が自殺する訳ないでしょ。悩みなんかなさそうだったし」

「でも、病気でも事故でもないんだし、それくらいしか……」

「祟りじゃないの」

耳を疑うような言葉に、私は足を止める。

「こんなときに何言ってんの」

「委員長って病気でもなかったし急に死ぬなんておかしくない？」

「だからって……」

「でもさ、だとしたら自業自得じゃない？　あんなことしたんだから」

私は思わず振り返った。

机を囲んで囁き合っていた生徒たちが口を噤む。ひとりは慌てて顔を背け、もうひとりは取り繕うように鞄を取り出し、最後のひとりは鋭くこっちを睨んだ。私は逃げるように教室を後にした。

「祟り、か……」

公園のベンチに座り込んで呟く。日差しで温められた背もたれは火傷しそうなほど熱いのに、背筋は氷のように冷たい。砂場で騒ぐ子どもたちの声も、母親が注意する声も遠く感じた。

祟りって何のこと、委員長は祟られるようなことをしたの。

そう聞けるような友だちがいたら、この寒気も少しは収まっただろうか。

私は首を横に振る。あの子たちの言うことを本気にして、馬鹿みたいだ。

それに、委員長が殺される夢を見たなんていくら友だちでも言えるはずがない。

だって、それじゃまるで――。

「私が夢を見たせいで死んだみたいじゃない」

冗談じゃない。委員長が何をしたか知らないけれど、私は祟られるようなことなんて何もしていない。

「でんしゃ！」

甲高い声に私は身を竦める。振り返ると、砂場の中央で子どもが小さな電車の玩具を持っていた。若い母親が子どもと視線を合わせて座る。

「そうだね、電車だね。じゃあ、電車が通れるトンネル作ろっか」

「うん！」

眩しい日差しの中で親子は私と別世界の住人のようだった。

誰もが普通に生きて、日常が奪われるなんて想像もしないだろう。私だってそうだ。毎日変わらずつまらない人生を生きるつもりだったのに。

あの夢の中で委員長が死んで、昨夜は伊波が襲われかけた。

出席番号順だ。順番に殺されるなら一ヶ月足らずで私の番が来る。昨日は訳のわからない少女が助けてくれたけど次もそうとは限らない。

夢の中で殺された委員長は現実でも死んだ。夢と現実が繋がっているならあの悪夢から逃げ出す方法も現実にあるかもしれない。

自分でもどうかしてると思うけど、いつ殺されるかわからないまま怯えて待つよりマシだ。

そうは言っても他人に頼れない以上、手掛かりは限られてくる。

私は日陰に移動し、スマートフォンを開く。検索エンジンに思いつく限りの言葉を打ち込んだ。悪夢、猿、電車、順番に殺される。眉唾物の夢占いや、ストレス時の不調、カウンセリングの窓口ばかりが現れる。

スクロールするうちに目に留まった単語に、悪寒が背筋を駆け上がった。

「猿夢」

震えを抑えて私はホームページを開く。トップページには『都市伝説・ネットロア』とあった。

項目には口裂け女、人面犬、きさらぎ駅、くねくね。名前だけ聞いたことがある言葉が羅列されている。私はその中から「猿夢」を選んでタップした。二〇〇〇年初頭のインターネット掲示板の書き込みだった。

都市伝説、なんて馬鹿馬鹿しい。平和な日常に飽き飽きした子どもが一瞬だけ楽しみを求めるくらいの価値しかないものだ。

私の探しているものはここにはない。そう思っているのに、私の眼は画面の文字列を追っていた。

投稿者はある日、無人駅で遊園地のお猿電車に乗る夢を見た。ホームには薄紫色の光が満ちていて、『これに乗ったらあなたは怖い目に遭いますよ』とアナウンスが流れる。投稿者は好奇心に負けて乗車してしまう。車両には他にもひとが乗っていた。電車が動き出してトンネルに入ると、『活け作り』や『抉(えぐ)り出し』というアナウンスがかかり、制服を着た猿が現れてその通りに乗客を殺していく。

「これ、そのままだ……」

胃の底が重く冷えていく。対処法はあるのだろうか。祈るような思いで読み進める。

投稿者はそれから何度も猿夢を見ているらしい。「次は挽き肉」とアナウンスが聞こえ、順番はだんだん近づいてくる。次は逃げられない。もし、夢の中で殺されたらきっと現実世界の自分は心臓麻痺(まひ)か何かで死ぬのだろう。仮にそうだとしても、夢の中では挽き肉のようにぐちゃぐちゃにされて殺されるのだ。

書き込みはそこで終わっていた。

「どうしろっていうの……」

わかったところで対処法がなければどうしようもない。何でこんな目に遭わなきゃいけないのだろう。第一、私は望んで電車に乗ったわけじゃない。気がついたらあそ

猿夢

２０００年代にインターネット掲示板に書かれた怪異。
夢の中で電車に乗ると「次は活けづくり〜活けづくりです。」と
アナウンスが聞こえ、乗客が現れた子猿にまるで生け作りのように解体される。
その後も乗客はアナウンス通りに拷問され、最後の一人は
「ひき肉」にされる直前に目を覚ますが、アナウンスが耳に響く。
「また逃げるんですか〜次に来た時は最後ですよ〜」

ID：uprtcs3.
299　ある日私は夢の中で薄暗い無人駅に一人いました。
すると急に駅に陰鬱な声でアナウンスが流れました。

「まもなく、電車が来ます。その電車に乗るとあなたは恐い目に遇いますよ〜」

「次は活けづくり〜活けづくりです。」
活けづくり？魚の？などと考えていると急に後ろからけたたましい悲鳴が聞こえてきました。

振り向くと、電車の一番後ろに座っていた男の人に四匹の猿が群がっていました。
よく見ると男性はおおきなはさみで体を裂かれ、まるで魚の活けづくりでした。
響いていた男の人の絶叫が急に止まり、後には赤黒い何かだけが残っていました。

するとまたアナウンスが流れました。

「次はえぐり出し〜えぐり出しです。」

こにいた。夢の中にトンネルも出てこないし、青い髪の少女もいなかった。何故細部が異なるのだろう。訳がわからない。都市伝説やネットロアなんて理屈ではどうしようもない。

だったら、私はこのまま何もできずに殺されるしかないのか。

また子どもの声がして、私は我に返った。子どもは砂に埋めていたいくつもの玩具を掘り出した。

「こっちはヘリコプター、それで、こっちがきゅうきゅうしゃ！」

小さな手が赤いランプのついた救急車を得意げに掲げた。

そうだ、夢の中で少女に助けられて逃げる途中、サイレンの音が聞こえた。本来の猿夢と私が見ているものが違うなら、そこに何かがあるかもしれない。

私は公園を後にして、郊外に出た。喧騒から少し離れた自然溢れる道の先に大きな白い壁の建物が現れた。

病院だ。私の住む地域で一番大きな病院。きっと委員長が運び込まれたのもここだろう。私たちが夢の中で死んだら、ここに運び込まれるという暗示だろうか。気が遠くなるほど白い壁を見上げたが、何も起こらなかった。

そのとき、私の前をバスの長い胴体が横切って停車する。中からひと組の父子が降りてきた。どちらも健康そうだと思ったが、すれ違うとき、子どもの鼻に小さなチューブが見えた。父親は子どもの手を握って歩き出す。

「検査が終わったらご褒美は何がいい？」

「アイスクリーム！」

「甘いものはまだ駄目だって言われただろ」

困ったように眉を下げ、父親は子どもを抱き上げた。親子が去ってから、私はもう一度病院を見上げた。燦然と輝く清潔な壁は何処の病院も似通っている。

これじゃ手掛かりにならない。先に夢の中の電車を探す方がいいかもしれない。あの真っ赤なお猿電車があるならきっと遊園地だ。病院よりずっと見つけやすいだろうけど。

「遊園地なんて連れて行ってもらったことないな……」

バスのエンジン音が緩慢に響いた。


スマートフォンの検索画面に「東京　遊園地　お猿電車」と打ち込む。生まれてからずっと東京に住んでるのに、初めて来た観光客みたいだ。ローファーの底が擦れて足の裏が痛くなってくる。こんなに歩いたのは初めてかもしれない。

あてもなく歩き続けていつの間にか夕暮れになっていた。結局なしのつぶてだった。

もうすぐ夜が来てしまう。空の隅に滲み出した暗闇からにげるように一本道を逸れ、路地裏に迷い込むと、急に雰囲気が変わった。

猥雑な歓楽街だ。どろりとした色のネオンが輝き、風俗店や居酒屋の看板を煌めかせる。カラオケスナックと飲み屋と中華料理店が入った雑居ビルから笑い声が聞こえる。自分じゃ絶対に行かない場所だ。

電線が絡む空を夕陽が染め出した。また夜が来てしまう。私は舌打ちした。

「まだ何もわかってないのに……」

スマートフォンを握りしめたとき、背後から声がした。

「おい」

聞き覚えのある声だった。振り返ると、ストラップをたくさんつけたスクールバッグを肩から提げた女の子がいた。派手なピンクのベストと、キャラクターのヘアクリップ。私のクラスメイトだ。昨日夢で会った。

「伊波さん……」

「伊波さん、じゃねえよ」

彼女は鋭く私を睨むと、歩み寄って私の腕を掴んだ。

「こんなところで何してんだよ」

「別に何でもいいでしょう」

「同級生に敬語かよ」

伊波は馬鹿にしたように笑ってすぐ表情を打ち消した。軽蔑でも嘲笑でもない、真剣に怒っている。私は腕を引いた。

「離してください。関係ないですから」

「関係なくねえよ！　こんなときに何フラフラしてんだよ。委員長の家にも顔出さないでさ」

「委員長の家？」

「最後の挨拶にみんなで顔見に行ってあげようってグループチャットで話したの知らないのかよ。あんた返事もしないし既読もつけてないよね。そうやって私はあんたらとは違いますって顔して！」

「知らない、クラスのグループに参加してない。呼ばれてないから」

伊波は一瞬驚いたような顔をした。その隙に私は手を振り解く。

罵倒が返ってくると思ったが、伊波はバツが悪そうな顔で俯いただけだった。

「そっか、あんたは……」

「何ですか？」

「何でもねえよ」

今度は私が詰め寄る番だった。

「伊波さん、教えてください。私が知らないことがたくさんあるんでしょう。委員長が死んだことだって……」

「知らないってば！」

伊波が私の肩を強く押したとき、中華料理店からビールケースを持った中年の女が現れた。

「梨花(りんか)？」

「ママ……」

伊波が顔色を変えて、女の方に駆け寄った。

「ちょっとやめてよ。クラスの子がいるとき話しかけないでって言ったじゃん」

「クラスの子？　お友だち？　梨花ちゃんがお友だち連れてくること初めてね」

「伊波さんのお母さん？」

「うるせえなあ、見んなよ！」

女はビールケースを置いて、汚れたエプロンで手を拭いた。言葉にはかすかに訛(なま)りがある。父の仕事仲間で一度家に来た人と同じ、中国系の訛りだと思った。

意外だと思った。伊波はスクールカースト最上位の生粋(きっすい)のお嬢様ではないが、派手で今時の子たちが集まるグループにいる。誰かをいじめるようなことはしないが、仲間と固まっている様はどことなく威圧感があって近づきにくかった。いつも流行(はや)りのコスメやキャラクターのグッズを持っていて、裕福な家庭だと思っていた。

伊波の母は朗らかに笑った。

「入って。ご飯作るから。美味しいのたくさんあるよ」

私の腹が小さく鳴った。そういえば昼食も取ってなかったと思う。伊波は呆れたように溜息をつき、もう一度私を睨んだ。

「入れよ。でも、クラスのみんなに言ったら殺すから」

通された店内は、私のワンルームマンションより狭かった。

油で汚れた奥のテーブルに通され、背もたれのないスツールに座る。ウレタンがほとんど擦り切れていて固かった。店は仄暗く、壁中に中国風の飾りやお面が掛けられていた。レジの奥に、肩を組んで微笑む伊波と母親の写真があった。

「じろじろ見んなよ」

伊波は吐き捨てて母親の方へ駆けていった。

「ママ、そんな重いもの持たなくていいって」

伊波は母の手からビールケースをひったくる。重そうなケースを厨房の奥まで運び、いくつもの瓶をガラスケースに収めていく。

「ママ、火強すぎ。焦げるよ」

伊波は素早くガスコンロをひねって、中華鍋を菜箸で掻き混ぜる。学校にいるときとはまるで別人みたい。思わず笑うと、厨房から鋭い視線が返った。伊波の母が微笑む。

「いいの、梨花ちゃん。せっかくお友だち来たんだからおしゃべりしてなさい」

「友だちじゃないし」

伊波は不機嫌な顔で私の前にドカッと座る。彼女の母がテーブルに水の入ったグラスをふたつ置いた。

「名前は何ていうの？」

「月野明です」

「綺麗な名前。わたしの好きな曲ね。月は何でも知っているって」

「ママ、余計なこと言わなくていいから。今の子は知らないよ」

伊波が声をあげる。私は彼女の母を見上げた。

「テレサ・テンですか」

「ほんと？　知ってる？　嬉しい、いっぱいご馳走したげるからね」

伊波の母は子どものように笑って厨房に消えた。

伊波は不機嫌そうに割り箸を割る。

「知ってんだ？」

「私の父と母は中国で仕事しているので……」

「へえ、チャイニーズマフィアって本当？」

「違います。もし、そうだったら今頃伊波さんは消されてますよ。マフィアの一人娘に掴みかかったんだから」

伊波は目を丸くして、少し表情を和（やわ）らげた。

「あんたでも冗談言うんだね」

店内に静かな音楽が流れ出した。それと同時に伊波の母がお盆に皿を大量に載せてやってくる。餃子（ぎょうざ）に青椒肉絲（チンジャオロース）、海老（えび）の甘酢あんかけ、カシューナッツと鶏肉の炒め物、卵スープにチャーハン。

「ママ、こんなに食べられないって。太っちゃう」

「梨花ちゃんも明ちゃんも痩せすぎ」

「もう、うるさいなあ」

伊波は皿を私の方に押し付けた。私は箸をとって餃子を齧（かじ）る。熱い汁が溢れ出して皿を汚した。温かい食事なんて、お手伝いさんが辞めて以来だった。

「美味しい……」

伊波は鼻で笑ってスープを啜（すす）った。

「汚い店って思ったでしょ」

私は首を横に振る。伊波はまた鼻で笑ったけれど、視線は先ほどより優しかった。

彼女は溜息をついた。

「いいって。うちの学校、お嬢様ばっかりだもん。こんなところ来ないでしょ。だから、見せたくなかったの」

「友だちにも？」

「そう。お金なんかないのに、ママがいい学校に行けばいい就職ができるって無理していい学校選んでさ。ママは日本語が下手で仕事探すのに困ったから、私には同じ思いさせたくないんだって」

「いいお母さんですね」

白々しい言葉だけど、本当にそう思った。

私の知らない温かさがあって、ドラマや小説の中でしか知らなかった家族の風景だと思った。伊波はふいと目を背けて言った。

「あんた敬語やめなよ」

私は肩を竦め、箸で青椒肉絲を取った。伊波があっと叫ぶ。

「ちょっと、肉の多いとこ持ってくなよ」

私は思わず笑う。まるで普通の友だちみたいだった。

「何笑ってんの。あ、やばい。返信してなかった……」

伊波はスマートフォンを取り出して、テーブルに置く。私と違って通知が画面いっぱいだった。手帳型のケースにはお守りがついていた。

私は目を奪われる。せっかく忘れていた悪夢が蘇った。悪いものじゃないとわかっているのに、どうしてもあの猿の鳴き声を思い出す。

「そのお守り……」

「何？」

伊波は長い爪でそれを摘んだ。ちりめんの布地でできた猿の背には「合格祈願」と書かれていた。私は何でもないと目を背ける。伊波は目を三角にした。

「私が受験勉強なんて可笑しいと思ったんだろ」

「違います」

私は目を伏せた。伊波は目を瞬かせる。

「どうしたんだよ」

「言っても信じてくれないと思うけど……」

伊波の大きな瞳が私を見つめる。マスカラとアイラインが溶けて滲んでいた。委員長の家で泣いたんだろうか。私は箸を置いた。普段ならこんな話なんて絶対しないのに。

「最近変な夢を見てるの」

「夢？」

「そう。クラス全員が遊園地のお猿電車みたいなものに乗せられる夢。それで、怖い声で『活け作り』とかアナウンスがかかって、駅員の制服を着た猿が出てきて、生徒が殺される……一昨日の夢で、委員長が殺された」

伊波の顔が青ざめた。やっぱり話すべきじゃなかった。私は目を閉じる。時間を巻き戻したいと思った。

どんな言葉が返ってくるか、そう思ったとき、伊波が小さく呟いた。

「それ、本当の話？」

私は目を開ける。伊波の表情は嘲笑でも軽蔑でもなく、怯えていた。

「……私も同じ夢を見たって言ったら？」

「……本当？」

「駅員の制服着た猿が武器持って襲ってくんの。それで、委員長がやられて……合ってる？」

私は強く頷いた。

「マジかよ。こんなの頭おかしいと思われるから誰にも言えなかったのに……」

「昨日は伊波さんがやられるところだったよね」

「くそ、思い出させせんなよ。というか、最終的にあんたが襲われてたでしょ」

伊波は箸を持っていない手で頭を掻く。私は口を開いた。

「あれから、あの夢のこと調べたの。『猿夢』っていうネットロアがあって……」

「ネットロアって何？」

「インターネットと民間伝承の意味のフォークロアを掛け合わせた言葉ですよ。要はネット発祥の都市伝説みたいなもの」

「敬語やめろって。それが何？」

私は昼間のホームページの画面を見せた。伊波は従順に視線を縦に動かす。彼女の顔がだんだんと青ざめる。

よく見ると、目の周りが黒いのはアイラインが溶けているだけじゃない。深いクマだった。私と同じで、彼女も悪夢に苛まれているんだ。伊波は文字列を読み終えてから呟いた。

「気色悪……」

「それだけですか」

「わかったところでどうしようもないじゃん」

「それはそうだけど……」

会話が途絶え、私たちは無言で箸を動かした。伊波は空の皿を見つめて呟いた。

「月野も同じ夢を見てるならわかるだろ。あの電車にはクラス全員が乗ってた。このままじゃ毎日ひとりずつ殺されるかもしれない。そうしたら、一ヶ月後には全滅」

私は唇を固く結んで頷いた。

伊波は真っすぐに私を見つめていたけれど、その瞳は震えていた。彼女も怯えているんだ。

誰だってそう。私だって気づかないようにしているけれど。こんな状況に急に叩き込まれて、混乱しているし恐ろしい。

伊波は自分と同じ感情を私の中に読み取ったように目を細めた。

「でも、月野はうちのクラスでひとりだけ電車に乗せられてない。あんたならどうにかできるかもしれない」

「私が？」

「そう。月野もあの夢を見てるならわかるよね。他のみんなは死んだみたいに眠ってた。私も委員長が殺されるまで何もわからなかったし」

「夢の中で動けるのは私と、次に殺されるひとだけってこと？」

「そう。だからさ、私たち協力しない？　お互い生き残るためにさ」

私は目を伏せた。空の皿にあんかけのタレが残って、蛍光灯と私の顔を反射していた。私は顔を上げる。

「私にできるかわからないけど」

「いいよ。そんな期待してないから」

伊波は笑ってから私を箸で指す。

「そういえば、あんたあの夢で知らない女の子に助けられてたよね」

「青い髪の、バールを持った子？」

「そう。あんたの知り合い？」

私は首を横に振る。

「いいえ、私も初めて見た。何で助けてくれたのかわからない」

「それじゃあ当てにできないか」

「でも、一度助けてくれたってことはまた来てくれるかもしれない」

「何でそう言えるんだよ」

「根拠はないけど……」

客が増えて店内が騒がしくなっていた。既に酔っ払った中年や、言葉に海外の訛りがある若い女たちが次々と椅子を埋め、伊波の母は慌ただしく動き回る。迷惑になる前に出た方がいい。

私は席を立つ前に鞄から財布を取り出した。たまたま現金を持っていて助かった。

私が一万円札を出すと、伊波は眉をひそめた。

「何だよそれ」

「代金」

「嫌味？　貧乏人への施しみたいなのやめてくれる？」

「深読みしないで。今まで食べた中華料理の中で一番美味しかったから。それだけ」

彼女は一呼吸置いて、大袈裟に息を吐いた。

「そんなんだから、誤解されるんだよ」

「誤解だってわかってくれてるんだ」

「うるせえな」

伊波は一万円札を私に押し返して、小指を立てた。

「飯代は口止め料。その代わり約束しろ。誰にも言うなよ。私の家のことも、あの夢のことも」

私は少し迷って彼女の指に自分の指を絡めた。小指の腹を撫でる感覚がくすぐったく、離れた後も甘酢あんの匂いが残った。

夜九時を過ぎて帰った私の家は、相変わらず暗くて静かだった。制服を脱ぐと、染み付いた油の匂いがふわりと漂う。

蛍光灯のぬるい灯りと有線放送から流れる音楽が蘇った。無機質なワンルームマンションが、騒がしくて雑多な中華料理店になったようで思わず私は笑った。

布団に入り、イヤホンを耳に捩じ込んで、動画サイトから昨日聴いたバンドの曲を流す。シ者の名前に相応しくない、激しいロックだった。今夜もあの夢を見るのかもしれない。恐怖が背筋を這い上がってくる。

私は浅い呼吸で自分を落ち着かせた。どうせ寝ない訳にはいかない。それに昨日と違って、今日は協力者がいる。そう言い聞かせても、恐怖は拭えなかった。

今日こそ電車に乗せられていたらどうしよう。このまま寝ないで済めば。眠ったとしてもあの夢を見ないで済むなら。

願いは簡単に打ち砕かれた。

生暖かい風に、いつの間にか眠りに落ちていたんだと気づく。

駅のホーム。ざらついたノイズ。またあの夢だ。風に乗って押し寄せた生臭い匂いに、私は鼻を覆った。

お猿電車の先頭車両に、血がべったりとこびりついている。いくつもの筋になった赤は何度も塗り直したペンキのように見えたが、泡になってこびりついているのは肉塊だった。

赤い扉に委員長の手形と黒髪が張り付いている。血を浴びた猿の玩具は茶色い毛が固まって、毛髪を剥ぎ取られた坊主頭のようだった。

新鮮な恐怖が蘇り、足が震えた。足の裏が冷たい汗で満ちて、ローファーの中が滑る。私は必死で踏ん張り、ホームの点字ブロックに一歩踏み出した。

後方に連なる車両にはクラスの皆が乗っている。何故私の席だけないのだろう。余計な考えを振り払い、私はどんどん奥へ向かう。

規則的に並ぶ生徒たちの頭の向こうにピンクのベストの肩が見えた。

「伊波さん！」

伊波は弾かれたように顔を上げて私を見た。顔は蒼白で、恐怖と焦りに耐えるように歯を食いしばっている。

彼女はコースターから身を乗り出したが、途中で何かに押さえつけられたように身動きを止めた。

「月野！」

私は伊波の元へ走った。彼女は身体にがっちりと食い込むシートベルトを指した。

「月野、これ外して！」

私は伊波の車両のドアを蹴り飛ばし、彼女を拘束するシートベルトの金具を押す。

古い遊園地のアトラクションらしいちゃちな金具はすぐに外れた。プツリと音がして、陰鬱なアナウンスが響いた。

「次は、抉り出し……」

　駅員の制服を着た猿の群れが現れる。昨日より多い。スプーン状の凶器を何度も擦り合わせている。青ざめた伊波が言った。

「あんたが怒らせるから」

「私のせいですか」

「何でもいいや、逃げるよ！」

　伊波は私の答えを待たず、踵を返して走り出した。私は何とか転ばないように彼女についていく。背後から猿たちの威嚇と足音が響く。後方に視線をやると、無数の猿がうめき声をあげる生徒たちの頭を踏み越えてこっちに向かっていた。

　一匹がスプーンを伊波めがけて垂直に構えた。

「伊波さん、危ない！」

　伊波は間一髪で猿をよけ片足で蹴り飛ばした。バランスを崩した彼女に毛むくじゃらの猿の腕が絡みつく。

「離せよ！」

猿の鋭い爪が彼女の髪を毟った。キャラクターのヘアクリップが転げ落ちて、私の足元で跳ねる。ギャンギャンと騒ぐ獣の鳴き声が私の鼓膜を引っ掻いた。焦りで頭が真っ白になる。武器になるものがない。助けを呼べない。どうすればいい。

——月野はあの変な青い髪の子に助けられた。あんたならどうにかできるかもしれない。

伊波の声が頭の中を過(よぎ)った。無茶に決まってる。昨日のように都合よく助けに来てくれるはずがない。でも、このままじゃ猿たちに殺される。

私は足を止め、深く息を吸い、思い切り叫んだ。

「誰か来て！」

喉の奥がビリビリと痛む。目の前が一瞬眩(くら)み、ゲームの画面がバグを起こしたように視界がざらついた。

歪(ゆが)んだ景色の亀裂からぬるりと、真っ青な髪が目の前に現れた。昨日の青髪の少女がいた。彼女は昨日と同じようにバールを携え、機械じみた無表情で立っている。驚きと安堵が頭の中で混ざり合ってその場に座り込みそうになった。

「本当に来てくれたんだ……」

名前を呼ぼうとして、私は彼女のことを何も知らないことに気づく。

少女は無表情に前に向き直り、バールを構えた。大きく振りかぶったバールの先端が、伊波に掴みかかる猿の脳天を突き刺した。くぐもった断末魔の叫びとともに猿が白目を剥く。伊波はホームに倒れ込んだ。

「伊波さん、平気!?」

私が駆け寄って肩を揺らすと、伊波は青い顔で頷いた。少女がバールを引く。猿の頭が先端に突き刺さったままだ。

もう一匹の猿が恨めしげに威嚇し、少女に狙いを定める。少女は僅かに面倒くさそうな表情をして、猿の死骸ごとバールを振り抜いた。二匹の猿が衝突する。仲間の死骸ともつれて猿が飛んだ。

少女はスカートの裾でバールを拭い、傷がないか確かめる。先頭車両でバウンドした猿が身を翻して少女に飛びかかった。少女はあっさりとそれを避け、列車の向こう側に移った。

「抉り出し、だっけ」

少女はバールを振り下ろして猿の首根っこを押さえる。もう片方の手にはさっき吹っ飛んだ特大のスプーンを握っていた。猿が歯を剥き出し、笑顔のような表情を作った。グリマスだ。

少女が猿の頭にスプーンを振り下ろし、ざくりと肉を抉る音が響いた。

私と伊波は呆然と一部始終を眺めていた。少女は車両を飛び越えて私たちの前に降り立つ。真っ青な髪を返り血で濡らし、少女は手を差し伸べた。

伊波は手の平が自分に向けられていることに気づいて、さっと立ち上がる。顔に浮かんだ表情には驚きと嫌悪がないまぜになっていた。

「ヤバい奴じゃん……」

少女は怒るでもなく私たちを見下ろした。私は彼女に歩み寄る。

「助けてくれてありがとう。昨日も今日も……」

少女は何も答えない。言葉が通じているのか不安になる。

「あの、何で助けてくれるの？　嬉しいけど、理由がわからないし……あなたは誰？というか、この状況は何？　何で私たちこんなことに巻き込まれてるの？」

伊波は呆れたように私を横目で見た。

「一回で質問しすぎ。キャラ変わってるし」

「別にいいでしょ。ほっといてよ。今しか聞けないんだから」

少女はバールを肩に背負って、小さな口を開いた。

「随分おしゃべりね。お友だちが死にかけたっていうのに」

軽蔑や嘲笑すら含まれていない短い答えだった。私は火照った顔を擦って俯く。少女は溜息混じりに答えた。

「あなたたちを助けたのは、イレギュラーだったから。大した理由はない」

「どういうこと……」

「本を読んでいて誤植があれば、気に留める。そうでしょ？」

私と伊波は顔を見合わせる。黙っていてもこれ以上の説明はないらしい。私は必死で頭を回した。

「ここが物語なら、あなたが読者で猿たちは登場人物、私たちは異物ってこと？」

少女が答えた。

「これは本来あなたたちを殺すための物語だから。それを助ける私の方がむしろ異物。あなたたちは主人公」

私は自分の声が上ずるのを感じた。

「ねえ、ここは何なの？　私たちを殺すためって……」

「これは都市伝説やネットロアから生まれた怪異」

「ネットロア……だから、猿夢なの」

「知ってるの？」

　少女は心なしか目を丸くした。

　私は彼女の顔を覗き込む。

「それじゃあ、あなたは何者なの？　私たちみたいにここに迷い込んだの？」

「違う。私は人間じゃない……と思う」

「えっ……」

　少女はわずかにうつむいた。

「私はここと同じ。都市伝説を狩るための都市伝説。こういう空間が生まれるから私も存在する。私はそういうものとして生まれたからそうしているだけ」

　歯切れの悪い言葉を呟いて、少女は口を閉ざした。割って入った伊波が聞く。

「じゃあ、何で私たちはその都市伝説やネットロア？に巻き込まれてるの？　幽霊に会うみたいに、偶然迷い込んだってこと？」

「違う。ここは都市伝説そのものじゃなく、粗悪な模造品。幽霊に会うのは交通事故に遭うようなものだけど、ここはあなたたちを轢き殺しに来るトラックと同じ」

「わかりやすく言って」

　少女は素っ気なく答えた。

「呪われたってこと」

私は絶句した。委員長の死に対してクラスメイトが語っていた「祟り」という言葉が浮かぶ。伊波はより顔色を悪くして目を背けた。私は首を横に振る。

「何で？　私は呪われるようなことなんかしてない」

「そう、あなたはね」

少女はバールの先で私を指した。

「命が惜しいなら深入りしないこと」

ホームに風が吹き、景色が遠のいた。

「人を呪わば穴二つ、あながち間違いじゃないの」

6月25日

目覚めると、スマートフォンからイヤホンが抜けて、流しっぱなしの音楽が部屋に充満していた。

「結局どういうこと……」

重い頭がガンガンと痛む。私は音楽を止めて画面を見た。充電は切れかけて電池のマークが真っ赤だった。枕元のコンセントを探ったとき、メッセージの通知が画面に躍った。父の送金の日じゃない。画面をタップすると昨日登録したばかりの名前が現れた。伊波梨花(いなみりんか)。メッセージは簡潔だった。

『委員長の通夜はブッチ。ショッピングモールの一階に集合』

私は汗ばんだ手を拭って文字を打ち込む。

『学校じゃ駄目?』

すかさず返信が来た。ヘアクリップと同じキャラクターのスタンプが呆れたように肩を竦(すく)めている。

『今日土曜日だぞ』

私は溜息をついた。まだ頭が混乱して日にちの感覚もない。


休日のショッピングモールは大勢のひとで溢れていた。

初めて来る場所で右往左往する私の横を、同じくらいの年の少女たちが映画の半券を握って通り過ぎていく。ネオン管みたいな鮮やかなドリンクを啜る小学生たちが、私をジロリと眺める。キッズスペースから家族連れが押し寄せて、私はひとの少ない方へ避けた。生活の匂いが染みついた娯楽施設に息が詰まりそうだった。

騒がしいフードコートでやっと見つけた伊波は、大量のポテトとヨーグルトシェイクを机に載せていた。

「遅えよ」

「ちょっと迷ったの。こんな騒がしいところにしなくても……」

「静かで暗いところで話したくないし」

伊波は不機嫌に顔を背ける。髪にいつものへアクリップはついていない。昨日の夢のホームに転げ落ちて壊れたあれだ。やっぱりあの夢は現実と交錯しているのだろう。

私は彼女の正面に座る。椅子を引く音が鋸を前後させたように響き、伊波はびくりと身を震わせた。平気そうに見えて内心相当堪えているんだろう。私の考えを察したのか、伊波はわざとらしいほど気丈に私を睨んだ。

「ポテトは摘んでいいけど、金払えよ」

「昨日は奢ってくれたのに」

「あれはママが勝手にやったの。こっちは私のお小遣いだから」

「はいはい」

私は笑みを噛み殺して席を立った。アイスコーヒーを頼んで、万札を崩した小銭を持って伊波の前に座り直す。

「これで足りる？」

「多すぎ。これだからお嬢様は」

伊波は几帳面に小銭を選んで私に押し返した。私は冷めたポテトを摘みながら尋ねる。

「委員長のお通夜サボってよかったの？」

「いいんだよ。死人は生き返らないんだから。それより私たちが生き残るための作戦会議のが大事」

「でも、仲良かったんでしょ」

「よくねえよ」

「じゃあ、何でつるんでたの？」

「どうでもいいでしょ」

伊波は目を背けた。何か隠していることはわかった。それを訪ねても決して教えてくれないということも。

私が口をつぐむと、伊波は再び私に視線を戻した。

「それより一応聞いておくけど、私が見た夢と月野が見た夢って同じだよな」

「たぶん」

「じゃあ、青い髪の変な女の子に言われたことも覚えてる？」

私は冷たい汗をかいたアイスコーヒーのプラコップを握った。

「私たちは呪われたって言ってたよね。何か心当たりある？」

「知らねえよ」

「でも、クラス全員だよ？」

「……先生とか？」

私は目を瞬(またた)かせる。

「岡阿弥(おかあや)先生が？　何で？」

「何となく。だって、クラス全員だし。優しい先生が殺人鬼で生徒を惨殺してたなんて、映画でよくあるでしょ」

「真面目に考えてよ」

伊波は肩を竦めた。私はコーヒーを啜り、氷とともに今まで言えなかった言葉を口の中で転がす。

「何で私だけ違うんだろう。あの女の子にもそう言われたし、私は夢の中で電車に乗せられてない」

伊波は一瞬目を泳がせた。私は畳み掛ける。

「委員長が死んだとき、クラスの子が『祟りかも』『自業自得だ』って言ってた。本当に何も知らない？」

「知らねえって言ってるじゃん」

伊波は言葉とは裏腹に気まずそうに下を向いた。白い顔はこれ以上立ち入るなと拒んでいるようだった。

さっきと同じ態度だ。彼女は何かを隠している。

教えてくれないのは、教えられないようなことだからだろうか。それとも、まだそんな仲じゃないからか。

私は独り言のように言った。

「私たち以外の皆も猿夢を見てるのかな」

「わかんないけど、聞ける訳ないじゃん。委員長が死んだときにふざけんなって言われるだけだし」

「お通夜はサボったのに」

ヨーグルトシェイクを飲み干して、彼女は小さく呟いた。

「……委員長とは同じ中学だったけど、性格最悪だったんだよね」

「意外。しっかりしててクラス委員長をやるくらいなのに」

「内申点のためにやってるだけ。高校入ってからは優等生のふりしてるけど、気に入らない奴にいじめっぽいこともしてたし。恨んでる奴ならそこそこいるんじゃない？」

「ひとは見かけによらないんだね」

「あんたも騙されてたの？」

伊波は鼻で笑った。

「うちらのクラスに綿口って奴いるでしょ。あいつが委員長にいじめられてた奴のひとりだよ」

私は息を呑む。いつも縮れた前髪の下からクラスの皆を睨んでいた彼女の視線。

「月野？」

私は震える手を押さえる。

「綿口さん、委員長が死んだとき笑ってた……」

伊波は目を丸くしてから吐き捨てた。

「そりゃ笑うだろうね。自分を虐めてた奴が死んだんだから」

私は身を乗り出す。

「でも、綿口さんが皆を呪ったんじゃない？　復讐のために」

「落ち着けよ。だったら、どうしてクラス全員に呪いをかける訳？　委員長だけでいいでしょ」

「傍観者も同罪とか」

伊波の指がぴくりと動いた。彼女は誤魔化すように頭を振った。

「まあ、ちょっと警戒しておこうか。明後日学校行ったときに様子見ておくくらいで」

「クラスメイトを呪ったか聞くの？」

「冗談でしょ。それ完全に頭おかしいから」

「悪かったですね。友だちがいないから距離感が掴めないの」

「何それ」

伊波は吹き出して机を叩いて笑った。目の端から涙まで滲ませて私を指さす。

「いつもそんな感じでいればすぐ友だちできるって。可哀想な子なんで一緒に昼ご飯食べてくださいって言ってみれば？」

「死んでも嫌」

伊波が歯を見せて笑った。私は口角が上がるのを隠すために、ポテトを齧って塩気をコーヒーで押し流す。私たちの前を親子連れが彷徨いていた。空席を探しているらしい。伊波が立ち上がった。

「行こうか」

「優しい」

「うるせえよ」

伊波が私の背をどつく。遠慮のない手の平が温かかった。

フードコートを出ると、見慣れた制服の群れが目に入った。

私たちのクラスの生徒たちだ。委員長の通夜の帰りなのだろう。伊波が急に私の手を引いて階段の陰に隠れた。

「何？」

「見つかったらやばい。具合が悪くて通夜行けなかったってことにしてんの」

「ああ、そういう……私もサボってるけど」

「月野はグループに参加してないんだから何も言われないって」

「社会性があるって大変」

こうして私といても、彼女には別の世界がある。週明け、教室に入れば、私と一言も交わさず、いろんな子と流行りのものや噂話で盛り上がる伊波さんになるのだ。

私が悶々としているのを勘違いしたのか、伊波はスマートフォンを突き出した。

「クラスのグループチャット招待しておこうか？」

「考えとく」

「何それ」

「急に私を招待したら伊波さんが不気味がられるんじゃない？」

「気にしないけど」

伊波は階段の手すりの陰からクラスメイトを眺めた。

喪服の代わりに制服を着て、重い足取りで彷徨いている。伊波が私の腕を引いた。

「こっち気づきそう。逃げるよ」

クラスメイトが振り返るより早く、私たちは騒がしい方へ駆け出した。人ごみの向こうに電子音が漏れる仄暗い空間がある。ゲームセンターだ。伊波は私の背をぐいぐい押して、一番奥の黒い幌がかかった筐体に押し込む。

「ちょっとやめてよ」

「この中ならさすがに覗かれないって」

私は仕方なくウレタンの飛び出た椅子に座る。伊波が隣に腰を下ろしたとき、叫び声とともに真っ赤な猿の顔が顔前に飛び出した。私たちは悲鳴をあげて同時に椅子から転げ落ちる。伊波が我を失って叫んだ。

「何で！　夢の中にしか出ないいんじゃないのかよ！」

「伊波さん、見て！」

「何で、早く逃げなきゃ！」

「いいから！　ゲームだから！」

私は必死に幌に書かれた字を指さす。伊波が息を切らせながら顔を上げた。

「シューティングゲーム、モンキーゾンビ・ファイブ……」

画面には子ども騙しな猿のゾンビが両手を広げて行ったり来たりしていた。伊波はやっと落ち着きを取り戻し、舌打ちした。

「くそ、ふざけんなよ」

伊波が筐体をどつくとぼよんと間の抜けた音がした。私は笑いを噛み殺す。ざわめくゲームセンターにひとが増え始めた。うちの学校の制服らしきものもちらつく。

「伊波さん、どうする？」

伊波は溜息をついた。

「せっかくだし景気付けに猿撃ちまくってやろ」

私たちはまた幌をくぐった。赤と青の銃のおもちゃを手に取り、硬貨を入れる。幼稚な電子音とともにゲームが始まった。冷静になってみると、雑なポリゴンでできた猿のゾンビは何も怖くない。悪夢の中の猿への恨みを込めて、私たちは引き金を引きまくる。

「伊波さん、弾が切れちゃった！　どうしよう！」

「画面の外撃ってリロードすんの！　そんなことも知らないの？」

「学校で習わないじゃない！」

「マジで馬鹿！　あ、くそ、撃たれた！　ゾンビのくせに銃使うなよ！」

私たちは声をあげて笑う。ショットガンで猿のゾンビを吹っ飛ばし、ドラム缶に穴をあけて、ガソリンをぶちまける。画面の中の街が燃えるたび、伊波の横顔が赤く輝いた。クラスでは見たことのない笑顔だった。ゲームを終えて出ると、クラスメイトの影は消えていた。伊波が私の肩を叩く。

「あんた下手すぎ。何回死んだんだよ」

「初めてなんだから仕方ないでしょ。伊波さんが上手(うま)すぎるの。練習したの？」

「練習とかないから。中学生の頃はよく遊んでただけ。最近行ってなかったけど」

「どうして？」

伊波は決まり悪そうに言った。

「勉強ついてくので精一杯だし。お嬢様ばっかりでこんなところ来たら馬鹿にされるし……」

私は伊波を見つめる。あのクラスに馴染(なじ)んでいるように見えた伊波も、そんなことを思っていたなんて知らなかった。こんなことがなかったら一生知らなかっただろう。でも、伊波はまだ私の知らない何かを隠している。まだそれを聞けるほどの仲じゃない。

「月野？」

私は何でもないと誤魔化した。

「よかったね、一緒にゲームセンターに行けるクラスメイトができて」

「何それ、あんたのこと？」

伊波が鼻で笑う。言わなければよかったかと思ったとき、彼女は豪快に笑った。

「今のままじゃ足手まといすぎ！　だったら、もっと練習しろよ」

「いつか見返すから」

私は内心安堵(あんど)しながら笑みを返す。クレーンゲームの間をうろつきながら、私はモバイルバッテリーがぶら下がったスマートフォンを出した。

時刻はもう夕方だ。また夜が来る。ここに来るまで青髪の少女のことを調べたが結局何も見つからなかった。今日も生き延びられるだろうか。そう思っていると、伊波が正面から画面を覗き込んだ。

「覗かないでよ。他人の写真フォルダとか勝手に見るひと？」

「何で？　いいじゃん、変なもの保存してんのかよ」

「これだから陽キャは」

「何だよそれ」

私たちは同時に小さく笑う。伊波もスマートフォンを取り出し、慌てて何かに返信し始めた。付き合いがあるのも大変だ。

私は彼女のスマートフォンにぶら下がるお守りから目を背けた。あの猿たちの血走った目とは似ても似つかない、丸くて可愛いビーズの目玉だったけれど、どうしても悪夢が蘇った。私は乾いた唇を舐め、何か話題を探す。

「伊波さんは何でうちの学校に入ろうと思ったの」

「似合わないのにって意味？」

「喧嘩ふっかけないで」

伊波は画面から顔を上げ、少し黙ってから答えた。

「うちは進学率もいいし、いい大学や会社に行った先輩との繋がりとかもできると思って。学費も大変なのに頑張って私立に入れてくれたし、私も頑張らなきゃって」

「お母さんと仲いいんだね」

伊波は頷いた。

「パパが蒸発したときも私がいるから頑張れるって言ってたんだ。だから、私が支えないと」

「そっか、少し羨(うらや)ましい」

伊波が驚いた顔をする。口に出してないつもりだったのに。私は慌てて弁解する。

「伊波さんが大変だってことはわかってるんだけど。うちは父も母も家にいないし、そんなこと言われたこともないから。少し羨ましくて……ごめん」

「そっか、あんたも大変なんだね」

伊波は小さく微笑(ほほえ)んだ。普通の友だちに向けるような笑みだった。私は何と答えるか迷って結局黙り込んだ。伊波は遠い目をした。

「私が死んだらママが独(ひと)りになっちゃう。そうしたら、生きていけないよ」

何と答えていいかわからない。私が死んでも両親が悲しんでくれるかわからない。でも、もし悲しまれなくても、あんなに理不尽に死ぬのはごめんだ。私は口を開いた。

「生き残ろう、絶対に」

「約束だからね」

伊波は頷(うなず)いてくれる。指切りはもうしなかったけれど、私たちはゲームセンターの出口に向けて歩き出した。人通りが少なくなった婦人服売り場を歩きながら伊波が言った。

「ママはいい学校に行って、いい就職してって言うけど、私、本当は店を手伝いたいんだ。いつもママはひとりで大変だから」

「……いいと思うよ」

「もちろんもっと稼ぎたいけどね。だから、ちゃんと勉強しなきゃと思ってんの」

「だから、受験のお守り持ってるんだ」

「そう、こんな話クラスの奴らに言ったら馬鹿にされるかもだけど」

「高校二年生で勉強しない方がずっと馬鹿でしょう」

「あんた、そういうとこだよ」

伊波は呆れながら頬を掻いた。

「まあ、月野の言う通り。もっと頑張らなきゃね。将来働いて、稼いで、店もデカくして、今は出せない料理の食材とか器具とかも取り寄せられるようにしたい」

クラスメイトにも言わない伊波の秘密を聞いて気が大きくなったのかもしれない。

私は思わず身を乗り出した。

「じゃあ私、力になれるかも」

「何で？」

「両親が中国に行くことが多いから。そういうもの取り寄せられるかもしれない」

「施しはやめろって言ったよね。ていうか親の金じゃん」

「じゃあ、私がバイトして稼ぐから。誕生日プレゼントとかならいいでしょ」

伊波は呆れ笑いを浮かべた。

「期待しないで待つわ」

「期待してよ」

「馬鹿」

彼女の罵倒は、今まで私が受けた沈黙よりずっと優しい。クラスメイトが見えなくなったのを確かめて、私たちは立ち上がった。

ショッピングモールを出ると、買ってもらったばかりの赤い電車に似た玩具(おもちゃ)を抱えた子どもが走り回っていた。

「あの電車、夢で見たのに似てる」

「嫌なこと言うなよ。全然違うし。あれはお猿電車でしょ。昔この辺にあった遊園地にもあんなのあったな」

「行ったことないからわからない」

「寂しい奴」

私の喉から普段なら絶対に言わない言葉が出てきた。

「全部無事に終わったら一緒に行ってくれる？」

「……無理」

「そう」

「だって、もう閉園したから」

目を丸くする私に、伊波が歯を見せた。

「意地悪ですね」

「また距離取ろうとする」

歩き出した私に伊波が言った。

「……別のところならいいよ」

「……期待しないで待つわ」

胸の奥に小さな温かい火が灯ったような気がした。今までは猿夢に殺されたくない一心で抗っていた。

でも、今は少し違う。生き延びてやりたいことができた。伊波の笑顔に夕陽の逆光が暗い影を差した。

床に就く前に私は父からのメッセージを開く。送金を告げる自動生成の文章と私が返したスタンプだけが交互に並ぶ寂しい画面だ。私は下書きに文字を打ち込む。帰り道に伊波から聞いた耳慣れない中華料理用の器具や調味料。

『手に入りそう？　急ぎじゃないんだけど、もし売ってたら教えて』

少し迷ってから一行付け加える。

『送金ありがとう。仕事お疲れ様』

送信してしまえば呆気なくて短い文章だった。それでも、寒々しいトーク画面が少しだけ文字列で賑やかになる。

私はベッドに寝転び、ふと思った。昨日の猿夢では誰も死ななかった。このまま何事もなく、都市伝説なんてただの悪夢だったと終わりになりはしないだろうか。

希望的観測に縋り出した自分に気づいて嫌になる。どんなに考えようと、私はあの夢が怖くて、逃げたくてたまらないのだ。


生暖かい風と、駅のホーム、獣の臭い。またあの夢が始まった。

怯えている暇はない。私は後方車両の方に駆け出す。赤い列車が次々と後ろに流れて、伊波の姿が見えた。

「月野！」

私は昨日と同じようにドアを開け放ち、シートベルトを外す。

「ありがと」

私は強く頷いた。

「月野、これからどうするか決めてる？」

「わからない。またあの女の子が来てくれるかも」

「結局アイツ頼りかよ。猿が来る前に何とかしないと……」

伊波は先頭の列車を鋭く睨んだ。列車に乗せられているクラスメイトには伊波の友だちもたくさんいる。伊波の代わりに誰かが殺されない保証もない。

固く結んだ伊波の唇から出たがっている言葉がわかった。

「伊波さん、助けにいこうか」

伊波は私を見返し、静かに頷いた。

「行こう！」

私たちは同時に走り出す。ホームに満ちる不気味な紫の灯りも、獣がまとわりついてくるような暑い風も気にならなかった。私たちなら何とかなる気がした。

プツリと糸が切れるような音がして、陰鬱な男のアナウンスが流れ出した。

「また逃げるんですか……」

ねっとりと鼓膜を舐めるような声だった。腕に鳥肌が立つ。断続的なノイズの後に声が続いた。

「伊波梨花さん、また逃げるんですか……」

私は隣を走る伊波の横顔を盗み見た。今にも立ち止まってしまいそうな、顔面蒼白の顔。

「伊波さん？」

キキッと、耳障りな威嚇が響いた。ホームの向こうから濛々と土煙が立って見える。昨日の二匹なんてものじゃない。先頭車両が見えなくなるほどの猿の大群がこちらに向かって押し寄せてきた。

私は思わず足を止めて後退る。血走った無数の目が私たちを捉えていた。全身の肌が粟立ち、獣臭と血の匂いに吐きそうになる。猿たちは肉切り包丁やピザカッターのような回転式の刃を携えていた。

先頭車両で耳を劈くような悲鳴が聞こえた。伊波は震える唇を噛み締めた。

「くそっ……」

彼女は猿の群れに向かって駆け出した。まだ助けられるという一縷（いちる）の望みにかけて。

一匹の猿が彼女に飛びかかる。伊波は勢いのまま猿の腹に思い切り膝頭を打ち込んだ。

「誰が逃げるかって！」

仲間を蹴り飛ばされた猿たちが騒ぎ出す。私も追いつこうと必死で走っているのに、肺が痛くて、膝が震えて思うように進まない。これじゃまるで私だけ逃げたがってるみたいだ。伊波の姿が猿に囲まれて見えなくなる。

「伊波さん！」

紫の灯りがホームを分断して暗い影を落とす。昼間見た、伊波が夕陽に溶けて消えそうな光景のよう。

さっきの自信なんて微塵（みじん）も残ってない。それでも、私は震える脚を奮い立たせて、猿の群れに突っ込んだ。闇雲な体当たりに猿たちが吹っ飛ぶ。群れに穴が空いて伊波の姿が現れた。髪も制服もぐちゃぐちゃで、顔中に青痣（あざ）や擦り傷があった。でも、まだ生きている。

「伊波さん、こっちに！」

差し出した手を伊波が握った。背後から飛びかかった猿が私の髪を掴む。頭皮が毟（むし）

られそうな痛みが走った。私は闇雲に暴れて猿たちを振り払いながら、伊波の手をしっかり握って引っ張る。

「早く！」

「月野、後ろ！」

振り向いた私の目に、剥き出しの歯が映った。猿の黒い毛に覆われた手は巨大なスプーンを握っている。猿が手を振り上げた。尖ったスプーンの先端が私の肩をかすめる。燃えるような激痛。私は思わず蹲る。

「月野！」

背中にどんと衝撃が走って、私はホームに転倒した。点字ブロックの凹凸が頬を刺す。あっ、と小さな声が聞こえた。伊波が私を突き飛ばしたのだ。私は地面に這いつくばったまま振り返る。一匹の猿が巨大なスプーンを振りかぶったのが見えた。

さくり、と音がして、伊波の顔に縦一線の亀裂が走った。

「伊波さん……？」

彼女の顔の右半分がずるりと崩れ落ちた。スプーンでゆで卵を掬ったように。小さな木が風に押されるように、伊波が倒れた。彼女の身体が跳ねる。

猿たちは歓声じみた鳴き声を上げてから、やるべきことは終わったというように散っていった。

「嘘、嘘でしょ……？」

私は這いずって伊波に近づく。点字ブロックに延びた血がどんどん広がり、私の指を浸す。頭を半分失った伊波はピクリともしない。血の海から熱が急速に失われていく。世界が凍りついた。猿の鳴き声も、ホームに響くアナウンスも聞こえない。やがて、辺りが真っ白になった。

消毒液の匂いとサイレンの音が五感を占めていく。柔らかい布が私の鼻をくすぐった。顔を上げると、黄色いカーテンが昼間の穏やかな風に揺れていた。その向こうから女の啜り泣きが聞こえる。

私は混乱する頭を振って顔を上げた。カーテンで仕切られたベッドに、長い髪を垂らした女が縋りついていた。女は何度もベッドを揺らし、声をあげる。「嘘、嘘でしょ」と、さっき私が叫んだように。その声には聞き覚えがあった。

サイレンの音が耳を裂いた。

私はベッドから飛び起きた。激痛が走って、私は肩を押さえる。

パジャマのボタンを千切るように外して見ると、鎖骨から肩の先に火傷（やけど）のような痕があった。今さっきの夢が生々しく脳裏を過る。

「伊波さん……！」

私は布団を撥ね飛ばしてスマートフォンを握った。死んでいるはずがない。大丈夫。きっと助かっているはず。時刻は既に正午を回っていた。震える手でロックを外したとき、着信が鳴った。伊波梨花からだ。

「何だ、よかった、生きてるじゃない……」

私は安堵の溜息をついて、電話に出た。

「伊波さん！　大丈夫？　よかった、心配したんだよ。夢であんなことになったから……」

「明ちゃん？」

喉の奥がきゅっとしまった。片言の言葉は伊波の母親のものだった。何故貴女（あなた）が、と問う前に引き攣（つ）った声が溢れた。

「ごめんね、誰を呼んでいいかわからなくて……あのね、どうしよう……私もうどうしたらいいか……」

嗚咽（おえつ）で途切れ途切れの言葉が耳から入り込んで侵食する。聞きたくないと思った。

「梨花ちゃんが……！」

電話の向こうから夢の中で聞いたのと同じ、救急車のサイレンが響いた。

6月26日

　伊波(いなみ)の母に何を言って電話を切ったのか、覚えていない。家を出たときも、辿(たど)った道も、記憶にない。ただ、伊波の母親に言われて訪れた病院は、二日前に私が手当たり次第に街を歩き回ったときに訪れたのと同じ場所だった。

　仄暗(ほのぐら)い廊下を進む。静寂の中でリノリウムの床を滑る私の靴音だけが響いた。廊下を曲がると、激しい泣き声が聞こえた。

　霊安室の半開きになった銀の扉が見えた。奥にストレッチャーがあり、被せた白いシーツが盛り上がっている。布の隙間から長い髪の毛の先が覗(のぞ)いていた。

　医者に肩を支えられながら、伊波の母が歩いてくる。ぐしゃぐしゃに歪(ゆが)んだ顔の溝という溝に涙が溜まっていた。

「为什么(どうして)……？」

　どうして、と彼女は呟(つぶや)く。啜(すす)り泣く声が廊下に反響する。

　私はふらつきながら廊下の角へ下がり、壁にもたれた。いっそ入って全部言ってしまいたかった。伊波が死んだのは私のせい。私が巻き込んで、何とかなるかもなんて言って、私を庇ったせいで死んでしまった。言えるわけがない。

泣き声が苛むように響いた。私は壁にもたれたまま動けないでいた。廊下に細い影が差して、私は顔を上げる。目の前に伊波の母が立っていた。

「明ちゃん？」

私は後退りかけて後ろの壁にぶつかる。伊波の母は気にするなというように首を振り、痛ましい笑顔を浮かべた。

「ごめんね、急に。どうしたらいいかわからなくて……」

「こちらこそ、すみません。何もできずに……」

伊波の母は私の隣に並び、壁に背をつけた。嗚咽混じりの息をふっと吐いた。

「梨花ちゃん、友達からいっぱい連絡がきてたの……」

「伊波さんはたくさん友だちがいました。自分が危なくても、他人のことを助けてくれて……それで……」

「でも、うちに連れてきたのは明ちゃんだけ」

「お母さん……」

「うち貧乏で恥ずかしいからね。梨花ちゃんが友だち連れてこないのわかったの。だから、明ちゃんが来てくれて嬉しかった。何でも喋れるお友だちが来てくれて、美味しいってご飯食べてくれて。梨花ちゃんも嬉しそうだったから」

胸の奥が痛んで声が出なかった。違うんです、あれは遊びにいったんじゃないの。あのときは私なんかと友だちじゃなかった。そう言いたかった。伊波の母は泣き笑いを浮べた。

「そうだ、これ」

彼女はポケットから何かを取り出し、私に差し出した。私は手を皿にして受け取る。

「ベッドの横に置いてあったの。どうしていいかわからないで。よかったら、もらって？」

伊波の母の手が温かく私の指を包んだ。廊下の隅から看護師が現れ、彼女を呼ぶ。伊波の母は私の肩を叩(たた)いて去った。

私は握った手を広げた。猿のお守りだった。

私がじっと見ていたから伊波は何かを思ったんだろうか。私がほしがってるのかと思ったのかもしれない。つい昨日のことだ。つい昨日までそうして生きていたのに、もう二度と同じ瞬間は訪れない。目と鼻の奥がツンと痛む。

こんな形見なんかじゃなく、一緒に買い物に行ったり、ゲームセンターのクレーンゲームで大したものじゃない玩具(おもちゃ)をとったり、そんな思い出が欲しかった。

私はシャツの袖で顔を拭って、お守りを握った。可愛(かわい)らしい猿のお守りは頭頂部が巾着状になっていて、紐を解けば中身が出せそうだ。爪の先で解こうとしたとき、縫い目の部分からほつれた黒い糸が覗いているのがわかった。糸の先端を摘んで引く。するすると伸びる糸は思っていたより長く、凧糸のように硬かった。私は糸屑を捨てて、改めて固く結ばれた組紐に爪を引っ掛ける。結び目がほぐれ、開いた口から現れたものに、私は思わずお守りを投げ捨てた。

落下したお守りから中身が溢れ出す。短く切られた大量の毛髪がぞばっと音を立てて床に散乱した。真っ黒な無数の針のような髪の中に、古くて小さな陶器の欠片のようなものが転がっている。

私は恐る恐る手を伸ばした。指先に触れたエナメルの質感。人間の歯だ。

「何これ……」

呪い。短い言葉が頭に浮かんだ。こんなものお守りに入っているはずがない。青い髪の少女も、誰かが私たちを呪ったと言っていた。このお守りがそれだ。何者かが細工をして呪いをかけた。そのせいで、委員長も伊波も死んだ。

冷え切っていた脳の芯が怒りで熱くなるのがわかった。私は靴底でお守りを踏み締める。何のために私たちを呪ったのか。何で伊波が死ななきゃいけなかったのか。踏み締めるたび猿の顔が靴跡で汚れて縒れていく。こんなことをしても伊波は生き返らない。

私は大きく深呼吸した。屈（かが）んでお守りを拾い上げ、歯と髪の毛を詰め直す。これは私たちに呪いをかけた犯人を探すための手掛かりだ。

私は立ち上がる。廊下の向こうには話を終えたばかりの伊波の母がいた。私は歩み寄って彼女の手に触れた。伊波の母は驚いて振り返る。

「どうしたの？」

「お願いがあるんです。伊波さんのスマートフォンを貸してくれませんか。みんなに聞かなきゃいけないことがあるんです」

彼女は戸惑いながらスマートフォンを取り出して画面を私に差し出した。ホーム画面は去年の体育祭で撮った集合写真だった。底抜けに明るい笑顔にまた胸が痛くなる。

「梨花ちゃんのケータイから私電話したでしょ？　何でかわかる？」

「えっ……」

「梨花ちゃんのケータイのパスワードね、私の誕生日だったの。だから、すぐ開けたの。もちろん他のことは見てない。梨花ちゃん怒るからね」

私は唇を噛んだ。伊波の母は微笑（ほほえ）む。

「私の誕生日、十一月七日」

私はそれを受け取ってもう一度深く頭を下げた。私は物陰に隠れて、伊波のスマートフォンを出した。心の中で「ごめんね、履歴は見ないから」と呟いて、クラスのグループを開く。トークの内容は見ないように私は文字を打ち込んだ。

【ちょっと聞きたいんだけど】

すぐに既読がついた。

【梨花？　どうしたの】

何といえばいいかわからない。私は何で猿のお守りを持っているんですか、なんて。こんなときに直接聞ける友人がいないのが恨めしい。

クラスの皆の言葉が次々と流れる。そのとき、ひとつのメッセージが現れた。

【誰だ、お前】

矢継ぎ早に次の文字が浮かぶ。

【梨花は死んだ】

私は舌打ちする。もう話が広まっていたのか。

【どういうこと？】

【今日亡くなったって、梨花のお母さんから学校に連絡がきたらしい】

【うそでしょ】

【私も聞いた。本当だよ】

【委員長だけじゃなく何で梨花まで】

【じゃあ今のメッセージだれ？】

失敗した。トーク画面を閉じようとした瞬間、ひとつのスタンプが画面に踊った。満面の笑みを浮かべた猿のイラスト。私は危うくスマートフォンを落としかける。スタンプはすぐに取り消されたが、その前に送信者の名前が見えた。綿口だ。

「あなたが呪ったの？　綿口さん」

委員長が憎いなら彼女だけ呪えばいいのに。何故伊波まで狙ったの。待ち受け画面の伊波は昨日と同じ笑顔だった。私はスマートフォンとお守りを握りしめた。

「やってやる……」

必ず犯人を突き止める。怒りを燃やしていないと、立ち止まってしまいそうだった。私は家に帰り、ベッドに横たわった。眠ったらまた悪夢に落ちる。それでいい。犯人を見つけ出すならあそこに手掛かりがあるはずだ。

薄紫色の光、古いホーム、お猿電車。見慣れた悪夢で、いつ見ても最悪だった。点字ブロックにはまだ伊波の血が生々しく広がっている。私は連なる列車の奥、一番後ろの車両に向かって歩き出す。陰鬱なアナウンスが流れ出す。

「次は挽き肉……」

機械の駆動音と耳を劈くような悲鳴が聞こえた。霧で霞んで見えない先頭車両の方で、ピザカッターのような機械を振り上げる猿が見えた。

また誰かが殺される。青い髪の少女はいない。どれだけ辺りを見回してもいない。

「何で、どうして来てくれないの……」

一番最後の車両に乗る綿口が、私を見て顔を引き攣らせた。怒りが恐怖を上回る。

私は一気に走り出した。クラスメイトの顔が次々と流れる。私は車両のドアを引きちぎるように掴んで、綿口に詰め寄る。

「あなたが呪ったの？」

目を覚ました綿口は縮れた前髪を振り乱して首を横に振った。

「何で？　委員長が憎いならひとりだけ呪えばよかったじゃない。何で伊波さんまで狙ったの？　クラスの全員殺すつもり？」

綿口は唇を震わせた。零れたのは想像しなかった言葉だった。

「何であんただけ……」

「え……」

刃の回転は激しくなり、ぶううんと唸る風圧が押し寄せた。しまったと思ったとき、霧が晴れた。

悪夢から目覚めると、夜明けの窓の外は雨だった。

伊波の通夜はクラスの全員が集まっていた。

違う、出席番号三番の生徒と、綿口がいない。私は拳を握った。雨で烟る式場に見慣れた制服が並ぶ。霊柩車が行き来する駐車場に銀色の灰皿が置かれていた。雫を受けて輝く灰皿は拷問器具のようだった。

伊波の母親は黒ではなく、白の喪服を着ていた。参列者たちに頭を下げる彼女の頬はやつれていて、大きな皿やビールケースを片手に笑顔で走り回っていたのとは別人のようだった。先頭の岡阿弥先生が、伊波の母にお辞儀する。

「この度はご愁傷様でした。何と言ったらいいか……」

先生はハンカチを目に押し当てた。

「私のクラスでつい先日ひとり亡くなって……伊波さんは本当に友だち思いの優しい子でした。何で彼女が……急に亡くなるなんて……」

伊波の母親が何度も頷く。掠れた声で挨拶を告げ、先生は会場に入った。私はクラスメイトたちの泣き声を背に、先生の後に続いた。

白い棺は色とりどりの菊の花で囲まれていた。空調が唸る音と、静かな音楽が流れている。伊波が自分の葬儀を見ていたら、こんなの仰々しくて暗くて嫌だと不満げに言っただろう。

賑やかにみんなで中華料理を囲んで、彼女の母親が大好きな音楽を流して送ってあげられたらと思った。パイプ椅子に座って俯いていると、先生が私の肩を叩いた。

「月野さんもお別れを言いにいったら？」

先生の目は赤く充血していた。私は頷いて立ち上がる。

棺の蓋は観音開きの扉がしっかりと閉ざされていた。私はそっと手をかけて扉を開く。全身を冷たい衝撃が貫いた。

棺の中で眠る伊波は、歯を見せて笑っていた。強張った顔で目はしっかりと閉じているのに、唇は捲れ上がっている。

まるで猿の威嚇。

心臓の鼓動が激しくなる。これも呪いのせいなのか。私は動悸を堪えて扉を開け放った。白菊で埋め尽くされた棺の中に手を伸ばす。

伊波の頬は陶器のように白く冷たかった。私は彼女の顔に触れ、ゆっくりと唇を閉じさせた。長い睫毛に覆われた目蓋をなぞる。私は手を引いた。伊波はもう笑っていない。教室で居眠りをしていたときと同じ、穏やかな表情だった。

クラスの皆が怪訝そうに私を見ているのに気づき、私は棺から離れた。祭壇の中央には、猿の笑顔と違う、底抜けに明るい笑顔でピースサインをする遺影があった。私の知る、彼女の笑顔だった。

式場の空気に耐えきれず外に出ると、雨は激しくなっていた。軒先から垂れる雫が藍色の空を映す。空と駐車場のアスファルトを繋ぐ雨の糸の中に細い煙が混じっていた。

見ると、岡阿弥先生が指に挟んだ煙草をふかしている。先生は私に気づいてバツが悪そうに苦笑した。

「やだ、月野さん。ごめんね、すぐ消すから」

「大丈夫です。ただ先生が煙草を吸うなんて意外だなと思って」

「昔は吸ってたの。でも、子どもが生まれてから禁煙してたのよ」

先生は慣れた手つきで煙草の先端の灰を払う。赤い炎が蛍の光のように灯った。

「でも、今吸って……」

「そう。子どもがいなくなってから、また吸い始めてしまったの」

私は言葉に詰まった。先生は目を伏せて煙を吐いた。

「病気でね。まだ六歳だったの」

「変なこと聞いてごめんなさい」

「いいのよ。子どものことを思い出して式から逃げてきてしまったの。子を失う親の辛さはわかるから」

私は何も答えられなかった。先生は吸い殻を灰皿に捨てて、私に歩み寄った。

「月野さんも辛いだろうけど気をしっかりね。間さんのときも具合が悪そうだったし……」

「もう大丈夫です」

「大変なときは私でもいいから相談してね。そうだわ」

先生は小さな黒いバッグからスマートフォンを取り出した。素早く画面をスライドして、先生はチャットアプリの登録ＩＤを見せた。

「口頭ではなかなか話せないこともあるでしょうから、よかったら」

「ありがとうございます」

私はカメラで先生の画面を読み取る。電波が悪いのか、読み込みに時間がかかった。沈黙に耐えかねて私は口を開いた。

「私、伊波さんと友だちになったばかりだったんです」

先生は目を大きく見開いた。何かとんでもないことを聞いたような表情だった。

「信じられないですよね。全然性格も違うし。いろいろあって成り行きだったんですけれど……」

「そうだったの……」

「まだ死んだなんて信じられない。つい一昨日も一緒にいたんです」

「そうよね、私も伊波さんが亡くなったなんて信じられないの。だって……」

先生は暗い表情で首を振った。読み込みが終わって、私はスマートフォンを引いた。

「ありがとうございました」

「ええ、いつでも遠慮しないで話しかけていいからね」

先生のアイコンはいつもの優しい笑顔だったが、何故か妙に胸がざわついた。目を凝らすと、写真の中の先生の背後に見覚えのあるものがあった。真っ赤な玩具のような汽車だった。

「先生、この電車……」

「どうかした？」

先生が首を傾げる。口の中が乾いて言葉が思うように出ない。

「これって、遊園地ですか」

「そうよ、今はもうなくなっちゃったけど」

忘れていた悪寒と恐怖が背中を這い上がる。私はやっとの思いで頭を下げて立ち去った。先生と話していても、あの夢のことを思い出すなんて。

ちょうどそのとき、式場の扉が開いてクラスメイトたちが出てきた。暗い顔の皆が囁(ささや)く声が聞こえる。

「明日から学校、普通にあるんだっけ」

「行く気しないよね」

「本当に授業するのかな？」

「やるんじゃない？　お母さん先生が遅れた分の授業の動画を流してくれてたし」

「あれ、再生できた？」

「何か変なノイズが入って途中から再生できなかったんだよね」

「私も」

「まあ明日聞けばいっか」

スマートフォンを取り出す彼女たちの一点に目が釘付けになった。

皆、伊波と同じ猿のお守りを持っている。

何で皆が同じものを。私以外の全員がこれを持っているんだろうか。私はふと思う。

私だけ悪夢の中の電車に乗せられなかった。

それは、あのお守りを持っていなかったから？

私は家に帰って、伊波のスマートフォンを靴箱の上に置いた。

犯人が綿口ならどうやってクラスの皆にお守りを配ったのだろう。彼女が直接皆に渡して、全員が受け取るなんて想像できない。それに、あの歯と髪はどうやって調達した？

「もしかして、この呪いを使う前に誰かを殺していて、歯と髪を奪ったの……？」

綿口が既に人殺しだったなら、クラス全員呪い殺すことに躊躇(ためら)いがないのも頷ける。それに、伊波を含めた皆が隠していること。それが殺人事件と関わるなら？　事件に関わっているのは綿口だけじゃないかもしれない。

「猿夢の呪いだって綿口さんひとりでできると思えない。協力者がいる……？」

綿口を吐かせるのは難しい。

事件の糸口を探るなら、このお守りの出所だ。私は自分のスマートフォンを開く。片っ端から猿のお守りを調べ、ブルーライトが目を突き刺すのに耐えながら、私はひたすら画面をスクロールする。

気が遠くなりかけたときに、見覚えのあるお守りを見つけた。つぶらな瞳の猿の裏面に合格祈願が書かれている。これだ。

お守りの出どころは栃木県のとある神社らしい。夜通し移動すれば明日には行ける。眠らなくて済むなら好都合だ。私は検索エンジンに「東京　栃木　高速バス」と打ち込んだ。

事件の全てを解決する必要はない。私は探偵でも刑事でもないから。証拠が揃って、綿口が犯人だと確信できたなら、私があいつを殺せばそれで終わりだ。

6月27日

制服のシャツだけ取り替え、スクールバッグに財布とスマートフォンだけを詰めて、私は本日最終の高速バスに乗り込んだ。

観光シーズンでもない今は、当日でも簡単にチケットが取れた。午後十一時発のバスの乗客は少ない。アイマスクと耳栓をつけていびきを掻(か)いている疲れ果てたサラリーマンと、最奥の席の駆け落ちでもするような暗い顔のカップルだけだった。安っぽいビニールカバーの座席に座ると、埃(ほこり)とプラスチックの匂いが私を包んだ。

バスが動き出す。車窓の外の東京の景色が、細い線になって流れ去っていく。本当は早朝のバスに乗っても昼前には到着できるけど、一刻も早く調べに行きたかった。それに、あの部屋にいたら恐怖に呑(の)まれて動けなくなるか、気づかないうちに眠りに落ちてしまいそうだった。

心地よい振動に気が遠くなりかけて、私は自分の手の甲を強く爪で刺す。絶対に眠らない。犯人が私の喉に手をかけるより早く、そいつの首根っこを掴(つか)んでみせる。

日付が変わった頃、バスはロータリーに辿り着いた。雨はもうやんでいた。

何もかもが巨大な東京の駅とは違う。コンビニエンスストアや個人営業の商店のような小さな建物があるだけのロータリーだった。

私は狭い座席で固まった身体をほぐしてから、隅のベンチに座る。雨の名残りが駅舎とオレンジ色の街灯を反射して、アスファルトの底にもうひとつ街があるようだった。寂しいけど綺麗な光景だった。私たちの住む街とは別世界。

一瞬、このまま何もかも捨てて、何事もなくここに逃げてしまえるんじゃないかと思った。

そのとき、ブレザーの下が小さく震えた。伊波のスマートフォンだ。無意識にロック画面に手を伸ばしかけてやめる。私が見るべきじゃない。これを使うのは事件解決のためだけだ。

スマートフォンをしまい直すとき、待ち受け画面の笑顔が眼に入って、胸が締め付けられた。私だけ安全でいたいだなんて一瞬でも思ったことを後悔する。逃げるために来たんじゃない。闇が深くなるロータリーで、私は消えかけていた怒りの火を再び焚きつけた。

睡魔と闘いながら、何度も手放しかけた意識をつなぎ留め、やっと空が白みだした。始発のバスがロータリーに滑り込む。バスの長い胴体に反射する朝日が目を刺した。私はふらつきながらステップを上がり、乗車した。

目的の神社は隠れたパワースポットとして少しだけ有名だった。バスを何回か乗り継いで、最寄りのバス停に降りたときには日が高くなっていた。それでも、辺りを覆う木々は鬱蒼として光を吸収する。甲高い鳥の声が猿の鳴き声にも思えて、私は身震いした。

暗がりから何かが滲み出す想像を振り払い、苔むした石段を睨んだ。手すりもない石段は無数に続いて、徹夜明けの身体に辛い。木々のざわめきも、眩しい木漏れ日も、疲れ切って妙に冴えた五感が増大させた。止まりそうになる足を何度も叩いて登りきると、赤い塗装がほとんど剥げた、古ぼけた鳥居が現れた。

禍々しい鳥居の様相とは裏腹に、小さな神社は綺麗に手入れされていた。お守りを売る境内の奥に、こじんまりしたカフェまで併設されている。

ちょうど竹箒を持った神主らしい老人が現れた。老人は私を見て少しぎょっとする。

平日の朝早くから制服姿で、おまけに目をぎらつかせた女子高生が来たんだから当然だ。

なりふり構ってる暇はない。私は老人に駆け寄った。

「すみません！　最近このお守りを買ったひとを知りませんか？」

私はポケットから猿のお守りを出して突きつける。老人は困ったように笑った。

「うーん、それは人気だからなあ。受験の少し前は毎日売れるよ」

「じゃあ、一度に大量に買ったひとは？」

「学校や塾の先生は生徒へのお土産にたくさん買っていくよ。あとは、学生も部活の後輩にあげるためにね」

「そうですか……」

こらえていた疲労がどっと押し寄せる。これじゃ何の手掛かりにもならない。ここまで来たのに何も進展しないなんて。

昨日も今日も眠らずにいるのはきっと無理だ。このまま仇も討てずに殺されるのを待つしかないのか。

老人は私の肩に軽く手を載せた。

「顔色が悪いようだけど」

「大丈夫です」

手を振り払おうとした私に、老人は優しく笑いかけた。

「何か食べていきなさい。お代はいいから」

私は寝てもいない上に昨日の昼から何も食べてないことを思い出した。

老人はまだ人のいないカフェのテラス席に私を導いて座らせた。すぐに冷えたお茶と大きな饅頭（まんじゅう）が出てくる。

「これも人気のお土産なんだよ」

私はお礼を言ってから饅頭を齧（かじ）った。ぱさついた皮と重い餡が喉につかえ、慌ててお茶で流し込む。老人はまた顔をほころばせた。

「これを食べれば元気が出るって買っていく方が多くてね。うちの神社は猿が守り神だから」

「どういうことですか」

「猿は勝（まさ）るといって、病気や勝負ごとに勝つお守りになるんだよ。駄洒落（だじゃれ）だけどね」

私は作り笑いを返す。本来は守り神だった猿を、犯人は呪いに変えたなんて。

老人は何かに気づいたように私をしげしげと見た。

「何ですか？」

「いや、君の制服をどこかで見たと思って。東京の学校だよね」

「そうですけど、何で知ってるんですか」

私は警戒して身を退ける。お守りに細工した犯人に協力者がいるとしたら。販売者なら簡単にできる。老人は鷹揚に微笑んだ。

「昔、君の学校の生徒さんが社会学習で来たことがあるんだよ」

「へえ……」

「毎年お守りを買いに来る先生が、顔見知りで世間話をする仲なんだが、数年前にその学校に配属されたと言っていたな。今年もお守りを買いにきたよ」

私は饅頭を手から取り落とした。

「それって……猿の受験お守りですか」

「今年はそうだったな。やっと副担任から担任になって自分のクラスを持ったとかで」

岡阿弥先生もそうだ。でも、受験のお守りを買ったのは今年だけ？

「じゃあ、去年までは何のお守りだったんですか」

「健康祈願だよ。今年は買わなかったな。いいのかと聞いたらもう必要ないって。ご病気が治ったならいいことだけどね」

穏やかに微笑む老人と裏腹に、私の頭の中が冴えていく。

お守りが必要ないのは病気が治ったからじゃない。子どもが死んだからだ。それで、時間に余裕ができて、担任になったから受験祈願のお守りを買っただけ。それなのに、嫌な予感が拭えない。

何故（なぜ）先生の買ったお守りがあんなことに。先生に私たちを呪う理由なんかないはずなのに。伊波は先生を疑っていた。彼女は何を隠していたんだろう。

私は土産にと饅頭を持たされて下山した。

早く東京に戻って、学校に行って確かめたいことがある。帰りは新幹線に乗った。無機質な車内で、私は伊波のスマートフォンを取り出した。

「ごめんね、伊波さん」

言われた通りのパスワードでロックが解除された。

チャットアプリを開くと一番上にクラスのグループがあった。今年春の始業式に撮った集合写真のアイコンだった。直近の会話の内容はクラスメイトのひとりが共有した、先生が送ってきたという教材の動画だった。

スクロールしてもっと前の履歴を探る。伊波が死んだ日の会話が現れた。

【何で梨花まで】

【委員長がこの前死んだばっかりなのに。このクラスおかしいよ】

【私たちも大丈夫なのかな】

【何が言いたいの？】
【だって、何の病気でもないのにふたりも続いて死ぬはずないじゃん】
【祟りかもって言ってたよね？】
【こんなときにふざけないで】
伊波の死を嘆くものに混じって、不穏な会話が交じっていた。
【祟りなら委員長が死んだらそれで終わりでしょ】
【でも、梨花だって隠してたんだから同罪でしょ】
【このグループ消した方がいいかも】
【何でそうなるの】
【だって、口裏合わせるために作ったものだよ】
【バレる訳ないでしょ。ていうか、私たちがやったんじゃないし】
指先が汗ばんで思うようにタップできない。伊波さん、あなたは何を隠してたの。
【お前がチクったんじゃないよね】
【何でそうなるの？】
【自首した方がいいかもって言ってたの忘れてないから】
【あのときパニクって彼氏に電話しようとしてたのは誰だっけ】
【うるさい。うちら全員連帯責任だよ】

【まず祟りなんて本気で信じてるの馬鹿馬鹿しいからやめて】

私は手の平をシャツで拭いて一気にスクロールする。無数の日付と文字が下へ下へと流れていく。

延々と動き続けるトーク画面の帯が止まった。去年の秋の一日だった。

【みんな集合】

発言したのは委員長だった。私は息を止めて続く文字列を見つめる。

【いい？　何か聞かれても知らないって言う。保健室には行ってない。私たちは皆あの時間はクラスにいた。それでいいよね？】

何のことだかわからない。クラスの皆はそれだけで悟ったように返事をしていた。

【でも、ヤバいって】

【ビビってんなよ。わかるはずないって】

【救急車来てたじゃん！】

【搬送されたならどうにかなるでしょ。大したことないよ】

【ていうか職場に連れてくる方がおかしいでしょ】

【注射器はどうしたの？】

【綿口(わたぐち)に持ち帰らせて駅のホームのゴミ箱に捨てさせた。バレないよ。ちゃんとやったよね？】

二分空けて綿口の短い返答があった。

【言われた通りにやった】

目の前が明滅した。夢の中で行き着いたのは病院じゃない。救急車と消毒液の匂いでそう思い込んだだけだ。

一昨日の夢でわかった、あれは学校の保健室だ。保健室のベッドに誰かが横たわっていて、誰かが泣いていて、救急車が駆けつけたところだった。

チカチカする目に私の名前が飛び込んできて、私は再びスマートフォンを注視する。

【月野さんはどうする？】

【今日休んでるからいいよ。逆に知られる方が面倒】

【羨ましい。私も休めばよかった】

【ふざけんな】

少し時間を置いて、委員長の言葉が現れた。

【みんな受験あるよね？　こんなことで台無しにしたくないよね？　わかったなら返事して】

クラスの全員が同意を示す。伊波の簡潔な言葉もあった。「わかった」と。

私はスマートフォンを下ろした。溢れかえった情報で頭がパンクしそうだった。

クラスの皆が隠していたことがわかりそうでわからない。

ひとつ確かなのは、私がみんなと違うのはお守りを持ってなかったことだけじゃない。

事件に関わっていなかったことだ。頭痛がひどく、横になりたかったが、絶対に駄目だと自分に言い聞かせる。寝たらまた猿夢を見るかもしれない。呪いの本質がわかるまで絶対に眠れない。頭を振ったとき、機械の音声のような抑揚のない声がした。

「それ食べていい？」

飛び退いた私の隣に青い髪の少女が座っていた。

「何で、どうしているの？」

辺りを見回したが、さっきと変わらない新幹線の中だ。少女は私の抱えた饅頭のパックを指した。

「それ食べていい？」

私は無言でパックを押し出す。少女は包装紙を無造作に破いて、取り出した饅頭をほおばりだした。ハムスターのように頬を膨らませる姿に怒る気力もなくなる。

「それで、どうしているの？　ここは猿夢じゃないのに」

二度目の問いに、少女は簡潔に答えた。

「呪いが夢の外に出てきたから。今もあなたは猿夢の中にいるようなもの」

相変わらず要領を得ない。私の喉から乾いた笑いが漏れた。

「私だけは無関係だったんだね……」

「分かったの？」

「私だけあのクラスで起こった事件に関わっていなかった。だから、呪われなかったんでしょ？」

「それは知らない」

「じゃあ、なぜ私だけは大丈夫って言ったの？」

「あなただけは呪われていなかった。都市伝説は情報を媒介にするから、何も知らない人間には手を出せない」

「ハブられたのが功を奏するとは思わなかったよ」

少女は無表情に私を見返した。何を知っても今となっては遅い。私は冷たい車窓に頭を押し付けて、少女を見つめた。

「夢の中には来てくれなかったくせに今更遅いよ……どうして？　いつも助けてくれたのに。そのせいで伊波さんが殺された」

少女は無表情に私を見返した。

「都市伝説の形が変わっていた。見つけるのに時間がかかった」

表情は変わらなかったが、どことなく申し訳なさそうに言った。

「もうあれはただの呪い。『猿夢』の形から外れてしまった」

「どういうこと……もしかして、私たちのせい？」

「そう。誰も死なない日があったから。『猿夢』は『一日に一人死ぬ』怪異。それを満たせないなら猿夢たりえない」

　機械のように無機質な声で少女が告げた。

「じゃあ、私たちはどうすればよかったの!?」

　私は少女の腕を掴んだ。華奢（きゃしゃ）で細い二の腕は金属のように冷たかった。少女は私を眺めて唐突に言った。

「きさらぎ駅を知っている？」

　伊波と一緒に調べたときに出てきた言葉だ。

「名前だけは……」

「そう。きさらぎ駅はネット上の書き込みから発生したネットロア。電車に乗っていたらいつの間にか異界に迷い込んでいたという話。当時、それが書き込まれたとき、ネット掲示板の住民が口々にアドバイスをしたの。駅に降りて周りを見ろとか、警察に電話しろとか」

「それが何？」

「認識ひとつで都市伝説の形が変わる。事態が好転することもあれば、悪化することもある。そして、誰かが悪意を持って、書き込んだひとがわざと悪い認識に行くように仕向けてたら？」

私は言葉を失った。少女は冷めた目で線路を見下ろした。

「例えるなら、あなたのクラスメイトたちは怪奇現象に巻き込まれた被害者で、あなたは彼女たちを救おうと動いている状況。でも、呪いをかけた張本人はそれに気づいたらそうはさせまいと悪い方向に向けるように動かすはず」

「また状況が変わるってこと……」

「そう。犯人は再びあなたたちを呪い殺すために噂をねじ曲げる。もしくは、そのための罠がとっくに仕掛けられているのかも」

「罠って、お守りのこと？」

私はポケットからぐしゃぐしゃのお守りを出した。少女はしげしげと眺めて不思議な顔をする。

「いかにも古典的な呪い」

「古典的って、合ってるの、合ってないの？　これを持ってなかったから私だけ無事なんじゃなく？」

「さあ。でも、都市伝説を伝播させるなら普通はその情報自体を共有しなきゃいけない。丑の刻参りは自分が呪われていると相手にわからせて初めて効果があるのと同じ」

「違うの？　じゃあ、どうすればいいの？」

「知らない。現実世界で動くのはあなたの役目。でも、勘違いしないで」

少女は腕を引いた。力を込めた様子もないのにあっさりと私は重心を崩される。倒れかけた私の肩を少女が押し留めた。

「真実を暴いても納得できる結果があるとは限らない。あなたのクラスの皆が猿夢に怯えて罪を擦り付け合ったから、都市伝説の強度が増してより危険になってる」

「もう遅いよ」

「あなたは安全なんだから首を突っ込まない方がいい。助けたい友だちも今はもういないんでしょう」

私は突発的に彼女を突き飛ばそうとしてやめた。少女の瞳には悪意の欠片もない。憔悴した顔の私が映っているだけだ。

「……あなたの言う通り、もういない。だけど、このままじゃ終われない」

少女は呆れたように席を立つ。

「じゃあ、せいぜい頑張って。期待もしてないけど」

少女は跡形もなく消えた。

「言いたいことだけ言って……」

新幹線が東京駅に停まり、私は降車する。そのとき通知の音が響いた。誰かがメッセージを送ったらしい。画面が一気に流れて最新の通知が現れる。

【先生の教材見た？　途中から声聞こえないんだけど】

画面上に再送された動画が現れる。私は指を載せた。ウィンドウが開かれ、動画が再生される。

読み込みマークの後、黒板の前に立つ岡阿弥先生が現れた。先生は静かな声で今回の不幸を告げ、辛いだろうが学校生活と授業も大切にしてほしいと言い聞かせる。先生が背を向けて、チョークを手に取った。黒板に何かが書かれていくが、先生の姿で見えない。先生は汚れた指を払って向き直り、一歩横に避けた。

赤いチョークで黒板に書かれているのはたったの二文字だった。

猿夢。

先生が口を開く。

「次は挽(ひ)き肉……」

先生の声とは似ても似つかない、あの陰鬱なアナウンスの男の声だった。強烈な光が画面から溢れ出し、私の両目を貫いた。

光に焼かれた目が見えない。真っ暗闇の中、あの獣臭くて生暖かい風が豪速で吹きつける。

息もできない。目を開いても真っ暗だ。目蓋を押し開けて無理矢理目を大きく開くと、闇が徐々に輪郭を帯びてくる。見えないんじゃなく、暗闇の中を高速で移動しているのだとわかった。まるでトンネルの中を屋根のない電車で走っているよう。

気づいた瞬間、背後から無数の悲鳴が押し寄せた。私の後ろでクラスメイトたちが口々に叫んでいる。助けて。許して。

先頭車両に乗せられた私は前からの風と後ろからの悲鳴を浴びながら、どんどん突き進んでいく。シートベルトが食い込んで逃げられない。殺された委員長のように。

私たちを呪い殺すために、猿夢が進化したんだ。目の前がかすかに明るくなった。トンネルを抜けた先に何かが待ち構えている。

風に機械が駆動するような音が混じった。トンネルの両端からチェーンソーの歯の

ようなものが回転していた。

「次は挽き肉……」

列車は速度を速め、歯が近づいてくる。私はトンネルの向こうで待ち構えているものを見た。毛に覆われて醜い皺の寄った顔面。黄ばんで染みが浮いた血走った眼球。鯨幕のような歯には血肉と髪や毛が絡み付いている。巨大な猿の顔だ。猿は恐怖とも歓喜とも取れない顔で剥き出した歯を広げた。

6月28日

自分の絶叫で目が覚めた。

私の顔を駅員が見下ろしていた。辺りはすすけたカーテンで仕切られていた。駅の救護室だ。

「大丈夫ですか？　朝ホームで倒れているところを発見したんですよ。救急車を呼ぼうかと……」

私は腹にかけられたタオルケットと駅員を押しのけて飛び起きる。

「学校、行かなきゃ……」

呼び止める駅員を無視して私は駆け出した。

曇天の空の下を息を切らして走る。制服は汗だけでなく駅の埃と泥を吸っていた。ローファーの中の靴擦れが一歩進むごとに血を滲ませるのがわかる。

学校が近づく。同じ制服の生徒たちが怪訝な顔で振り向いた。

「何あれ？」

「ほら、あのクラスじゃない？　ふたり死んだっていう」

「ヤバすぎでしょ」

気にしている余裕はなかった。私は肺が痛むのも足が震えるのも構わずに走る。生徒がやけに少ないような気がした。

上履きに履き替えるのも忘れて階段を駆け上がり、廊下を抜ける。生活指導の先生が私を呼び止める声が聞こえた。

教室の扉はしっかりと閉まっていた。嫌な沈黙が押し寄せる。まだホームルームの時間までは余裕がある。登校している生徒も少ないだけ。そう言い聞かせて、私は扉を押し開けた。

「あら、月野さん」

先生がいつも通りに振り返った。いつもとは全く違う、異常な光景の中で。クラスには誰もいない。等間隔で並ぶ机にひとつずつ花瓶が置かれて、白い菊の花が活けてあった。黒板には赤いチョークで文字が書かれている。

猿夢、と。

「どうして……」

「月野さんもわかってるんでしょう？」

先生は後退りかけた私に歩み寄った。私は身を竦めた。

「心配しないで。月野さんだけは違うってわかってるから」

先生は何度も私に向けた、穏やかな笑みを浮かべた。先生の腕が伸び、私の肩を横切って教室の扉を閉めた。周囲の音が遮断され、外から切り離された異界のような静寂が広がった。

「もう少ししたら他の先生たちが気づいて来てしまうでしょうから、少しだけね？」

先生は後ろに下がって、授業を始めるように教壇の前に立った。異常な光景の中、通常通りに振る舞う先生がどうしようもなく不気味だった。

「それで、何で月野さんもここに？　貴女（あなた）だけは違うのに」

「……私だけ知らなかったことがあるからですか」

「知らなかったってことは、もう知ってるのね」

私は顎を引いて頷（うなず）いた。先生は溜息（ためいき）をついた。

「何で先生が……」

「六歳だったのよ」

先生は唐突に言った。両目は私の方を向いていたが、黒い瞳に私は映っていない。遠くを眺めるように、先生は無人の机に向けて話し出した。

「私の息子は病気だったの。食べたものを身体の中で糖に作り替えることができない病気でね。血糖値がどんどん下がって死んでしまうんだけど、世界中でもほとんど症例がなかったの」

　先生は低く這うような声で続けた。

「二十歳まで生きられないって言われていた。生まれたときからずっと治療をして、家にいた時間より病院にいた時間の方が長かった」

　先生は場違いなほど穏やかな遠い目をした。

「でも、すごいわね。少しずつ医療が進歩して、毎日注射を打てば普通に暮らせるようになった。五歳の誕生日で初めて遊園地にも行けたのよ」

「それが、あの写真の？」

　先生の待ち受け画面に映っていた、猿夢の中で見たのと同じ、あのお猿電車。

「そう。このまま大人になって、生きていけるんじゃないかと思っていた。息子も大きくなったらお母さんの学校に通うんだって。女子校だって教えたらがっかりしてたわ」

　先生はふっと笑みを零し、すぐに表情を打ち消した。

「でも、たまに具合が悪くなることがあったの。いつもは専門の託児所に預けていたけど、たまたま都合が合わなくて、仕方なく学校に連れてきたの」

　先生の目に憎悪の色が宿った。

「私が授業を急に休む訳にはいかないじゃない。勉強が遅れて、進路に関わったら大変。生徒のみんなだって私の大事な子どものようなものだから。そう思っていたのに……」

私はシャツの胸を握りしめた。これからの話は察しがついている。

「月野さんが休んでいた日のことよ。事情を伝えたら、クラスのみんなはわかってくれた。普通に授業を終えて、保健室に息子を迎えに行ったの。そのときにはもう息をしていなかった。養護の先生が真っ青な顔で駆けてきて、注射器が見当たらないって」

私は喉から声を絞り出す。

「注射器を誰かが隠した……？」

「そう。後から聞いたことには、昼休みにうちのクラスの子が保健室に遊びに来てたんですって。養護の先生はてっきり私が知っているものだと思っていたし、生徒たちも最初は仲良く息子と遊んでいたから気に留めなかったんですって」

先生は瞳孔を細めた。

「でも、息子は他人に慣れてないから嫌がって泣き出したらしいの。それで、機嫌を損ねたのかしら。クラスの子が出て行って、先生が注射の時間に私が預けていた鞄を見たら、注射器が消えていたんですって」

私は鞄を抱きしめる。

お母さんと呼ばれるくらい、みんなのことを真剣に想っていた岡阿弥先生。彼女はたったひとりの我が子を失った。先生は言葉を続ける。

「養護の先生は担任を受け持っている訳じゃないから、クラスの誰かはわからないって。後でクラスのみんなに聞いても知らないっていうの。まるで示し合わせたみたいにね。誰かひとり本当のことを言ってくれたらよかったのに。そうしたら、こんなことをしなかったのに」

先生は花瓶を割った生徒を叱るように首を振った。仕方ないわね、正直に言えば怒らなかったのよ、という風に。

「……だから、クラス全員を殺そうとしたんですか？」

「そうよ。誰かわからないからそうするしかないじゃない」

先生は淡々と言った。私は思った。先生は壊れてしまったのだ。

壊したのはクラスの皆だ。それでも、全員殺すなんて。私は震える声で叫んだ。

「委員長です。クラスのグループで話してるのを後から見ました。先生の復讐は最初で終わってたんですよ！」

先生は目を丸くし、また笑みを浮かべた。

「そうだったの。でも、仕方ないわ。隠してたならそれも同罪だもの」

目の前にいるのは本当に私の先生だろうか。姿だけ同じで、話の通じない何かに乗っ取られたみたい。

「おかしいですよ……関係のないひとまで殺すなんて！　本当に先生がやったんですか」

先生は聞き分けの悪い生徒を宥めるように首を振る。

「月野さん。先生はね、ずっと怒ってたの。いつも通りに平気な顔をして授業をしてる間もずっとずっと怒ってたの。復讐する機会がなかったからやらなかっただけ。でも、できるようになったら、やめる理由はない。呪いなんて突拍子のないものでも利用してやろうと思ったの」

「呪い……」

「先生も最初は信じてなかった。でも、言われた通り、いえ、それ以上の効果だった」

「それで、お守りを配って……」

「そう。ちょうどよかったわ。人間の歯の数とクラスの人数が同じで」

先生は指で唇を吊り上げて歯を見せる。猿が笑うように。

「あれね、息子の歯と髪の毛なの。最後のお別れの前に髪を切って、歯は火葬した後、小さな骨壺から一個ずつ拾い集めたの」

「いかれてる……」

私の唇から無意識に言葉が零れた。

「ちゃんと警察沙汰にすれば、こんなことしなくてもよかったのに」

先生は微笑みながら熱に浮かされた視線を返した。

「少年法がどれだけ甘いか知らない？」

「それで、人殺しを？」

「ええ。でも、後悔してないわ。月野さんも家族がいるならわかるでしょう。子どものために親は何でもできるの」

「わかりません！　私には心配してくれる親なんていないから」

私は震える喉で息を吸った。

「私が家庭らしい家庭を知ったのは、伊波さんの家に行ったときでした」

先生は一瞬弾かれたようにたじろいだ。

「伊波さんのお母さんは娘のために頑張ってました。伊波さんもお母さんを支えたいって言ってました。でも、それを先生が殺した」

先生は沈鬱な顔で俯いた。そして、煙草の煙を吐くように深い深い息を吐いた。

「ごめんなさいね、月野さん。どうしても、私には許せなかったの。でも、そんな自分も許せない」

「何言って……」

先生がさっとスマートフォンを取り出した。動画の読み込みマークが回る。あの教材の動画だった。まずいと思った瞬間、辺りが霧と紫の非常灯の灯りに包まれた。生暖かい風と獣の臭い。猿夢の中だ。ホームの向こうから猿の大群が押し寄せてくる。駅員の制服の下から包丁やスプーンを取り出して。

最後に残った私まで殺す気か。後退ったとき、青い髪が視界の隅で揺れた。今回は来てくれたらしい。ホームの向こうに立つ先生が壮絶な笑みを浮かべる。

「ずっと邪魔してたのは貴女だったのね」

少女は無言でバールを構える。ざらりとしたノイズが響き、陰鬱な声が響いた。

「次は終点です……」

先生は疲れ果てたような笑みを浮かべた。

「終わりじゃないわよ。最後にもうひとり残ってる」

私は唾を呑む。先生は踵を浮かせた。

「お母さんなんて、自分の子どもも守れず、生徒を殺した女が、馬鹿みたいよね」

先生はホームに身を投げた。猿たちが一斉に襲いかかり、先生の姿を掻き消した。

爪が肉を裂く音と、ぐじゅりと滴る血の音と、猿が甲高くあげる声。悲鳴は聞こえなかった。

私は猿たちの毛が血に染まっていくのを見つめる。辺りが静まり返り、アナウンスが聞こえた。

「ご乗車ありがとうございました。どなた様もお忘れ物のないように……」

気がつくと、私は教室の中に立っていた。先生の姿はない。黒板に書かれた猿夢の字は手の平で無理矢理擦ったように消えていた。机に置かれた数々の花瓶の中で、一輪の白菊が風もないのに揺れた。伊波の席だった。がらりと教室の扉が開き、生活指導の先生が顔を覗かせた。

「何かあったのか。さっき声が……うわ、何だこれ！」

青ざめる先生を押し退けて、私は教室を後にする。全身が鉛のように重い。さっきの先生が他の先生たちを呼んで、廊下から別クラスの生徒たちが顔を覗かせる。私は皆の視線を受けながら、重い足を引きずって廊下を進んだ。

校門を出た瞬間、真っ青な髪が目に飛び込んできた。

「あなた……何でここにいるの？」

「猿夢を利用したから、一瞬異界と現実の境が曖昧になった。だから、ちょっとだけ残れた」

「そう……」

少女は何の感慨もない視線を向けた。

「生きてる。期待してなかったけど」

「しててよ……」

伊波と同じような会話をしたことを思い出して胸の奥が痛くなった。少女はつまらなさげにバールを振る。

「私を消しに来たの？」

「まさか。あなたは関係ない。私はこれから別のところに行くだけ。都市伝説やネットロアを利用する連中は他にもいるから」

「またどこかで同じようなことが起こるの？」

詰め寄りかけた私を、少女がバールを突き出して押し留めた。

「もう今度こそあなたは関係ない。深入りしないこと。助けなきゃいけない人間が増えると面倒だから」

「また助けようって思ってくれてるんだ」

「都合よく捉えすぎ」

少女は踵（きびす）を返した。一歩踏み出した瞬間、青い髪が晴天の空に溶けて少女の姿は消え去った。

少女と入れ替わるように黒い影が目の前を過（よぎ）った。私は思わず身構え、校門の陰に身を隠す。現れたのは、黒いスーツを纏（まと）った三人の男女だった。学校の関係者にも、駆け付けた警察官にも見えない。

彼らは不審人物など入る余地もないはずの厳重なセキュリティに止められることもなく、学校の敷地に入り込んだ。

役所や教育機関の来客だろうか。よりによってこんなことがあった日に来てしまうなんて。用事などほとんどこなせないだろう。私は少し同情した。

先頭の男が私の前を素通りし、辺りを見回す。鋭い視線が留まったのは、私たちの教室の窓だった。三人は躊躇いなく進んでいく。

私が見つめるのに気づきもせず、三人は校舎の中へ消えていった。

＊＊＊

ふらふらと街を進み、マンションのエントランスに入る。エレベーターを上がって、自分の家の前に辿り着くと、ちょうど段ボールを抱えた配達員がいた。

「月野さんですか？」

「そうですけど、宅配便なんて頼んでません」

警戒しながら答えると、配達員は困ったような顔をした。

「確認していただけますか」

突き出された配達物の送り主は父だった。私はサインをして箱を受け取る。箱はずっしりと重い。配達員が去ってから、私はその場で段ボールのガムテープを外した。

「何これ……」

中から出てきたのは、たくさんの袋と缶と見たこともない料理器具だった。ラベルに書かれているのは皆中国語だった。伊波から聞いて、父に取り寄せられるか尋ねてみたものだ。私は廊下にへたり込む。

「伊波さん、届いたよ。期待してないって言ってたけど、私ちゃんと調達できたじゃない……」

空は昨日の大雨が嘘のように晴れていて、雲ひとつない。段ボールに黒いシミがぽつりと広がる。雨のような雫が次々と落ちて、段ボールに貼られたラベルの文字が滲んだ。

ふやけてくたくたになった段ボールを抱えて、私は歓楽街の路地裏を進む。

何もかもが終わってしまった。これからどうしたらいいのかわからない。少女は都市伝説やネットロアを利用する奴らがいると言った。

伊波がそれを聞いたなら何というだろう。歯を見せて笑って「あんたなら何とかできるかも」と言ってくれただろうか。

「私にできるかな……」

猥雑な音楽と酔客の笑い声が聞こえる。雑居ビルの一階に見覚えのある中華料理屋があった。飴色のガラス扉に開店中の看板がかかっている。

私は段ボール箱を抱きしめ、深く息を吸う。一歩踏み出して扉に手をかけ、押し開いた。覚えのある音楽が溢れ出した。月は何でも知っている、

第二章　くねくね

くねくねと動いてた。

双眼鏡を落とした。

『何だったの？』

『わからナいホうガいイ……』

ID:3mfvkai.

56　お爺ちゃんの田んぼの中で、人ぐらいの大きさの白い

兄は興味津々で、買ったばかりの双眼鏡持ってきて覗き始

すると、急に兄の顔はぼんやりと虚ろになり、ついには持

1日目（東京都S区）

理解不能なものなんて、この世に存在しないと思う。

小学生の頃みんなが怖がっていた古本屋のおじさんも、話しかけてみたら無口なだけで優しいひとだった。とても物知りで、僕が質問すると何でも答えてくれた。昔話の本を買って、おじさんに話を聞くのが楽しみだった。不可解に思えた妖怪話や怪談も、隠れた時代の背景や合理的な理由を教えてくれた。

今、僕が大学で民俗学を学んでいるのもおじさんが興味を持たせてくれたおかげだ。

一見不可解な現象や人間にも、全てに理由がある。わかりあえないことなんてない。

今もそう思っているけれど、これは少し予想外だった。


一ヶ月前、消えてしまった彼女がスマートフォンの小さな画面の中で笑っている。

大学デビューで染めたと恥ずかしげに語っていた栗色の髪は、元の黒に戻っていた。

いつも下北沢や吉祥寺の古着屋で買うお洒落な服じゃなく、無地のブラウスとジーンズ姿だった。色白な彼女とは似ても似つかない、よく日焼けした年嵩の男女に囲まれていた。でも、見間違えるはずもない。彼女は僕の恋人の清香だった。

鐘田清香は定期試験を控えた先月、急に実家に帰ると言い出した。

一年年上の彼女は大学三年生で、インターンも直近に控えていたし、卒論のゼミもあった。こんな大事な時期にと思ったけど、「身内に不幸があったの」と言われたら何も返せない。

清香は穏やかだけど芯が強くて、弱みを見せない。いつもの憂いを帯びた横顔で「大丈夫だよ」と微笑んでみせた。

その言葉を信じたかったのかもしれない。清香に送ったメッセージに既読がつかなくても、それからすぐにSNSのアカウントが全て削除されても気にしないふりをした。

清香が戻ってきたら、彼女の好きなハーブティーを用意してたくさん話を聞こうと思った。無添加のレモングラスやローズマリーのやつ。

僕が彼女を見つけたのはまさにそれを探しているときだった。

「太陽と水の恵みで育ったハーブ、生産者の顔が見える安全と信頼の直通販売」

そんな文言の載ったホームページに、顔に泥をつけて微笑む清香がいた。あんなに屈託のない笑顔は見たことがない。見間違えかと思ったが、首筋のふたつの黒子は紛れもなく彼女だった。

僕はスマートフォンを握りしめたまま、大学の講堂で立ち尽くしていた。民俗学ゼミの仲間たちに肩を叩かれるまで放心状態だった。

「環、どうしたんだよ。まさか留年決定？」

僕は我に返って笑みを作った。

「いや、そうじゃないけど……」

「何だ、補講仲間が増えたと思ったのに」

後ろにいた友人ふたりが声をあげて笑う。

「環が単位落とす訳ないだろ。というか、だったら、ノート借りた俺たち全員落ちてるし」

「マジで助かった。今度何か奢るからさ」

「気にしなくていいよ」

明るい声で答えたつもりだったが、上手くいかなかったみたいだ。友人たちは不安げに僕とスマートフォンを見比べた。

「本当にどうしたんだよ。架空請求でも来たか？」

僕は少し迷ってからホームページが表示されたままの画面を差し出す。こういうときは他人に頼るべきだ。友人たちは訝しげに画面を覗き込み、細い息を漏らした。

「これって、お前の清香さん？」

「僕のっていうか、うん……」

「三年の鐘田清香さんだよな。葬式か何かで帰省してるんじゃなかったっけ」

「そうなんだけど、あれから連絡も取れなくて大学にも来てないみたいだし。何か知らないよな？」

「環が知らないなら俺らが知る訳ないだろ」

「やっぱりそうか……」

「じゃあ、何？　急に大学辞めて彼氏とも縁切って家業手伝ってるってこと？」

僕は黙り込んだ。第三者から言葉にされると堪える。

いつからこうするつもりだったんだろう。僕が頼りないから何も言わなかったのか。それとも、ずっと前から見限られていたんだろうか。頭の中に黒い水が流れ込んだように思考に靄がかかる。

友人のひとりが思い詰めた顔で口を開いた。

「あのさ、もうこのひとのこと深入りしない方がいいかもしれないわ」

予想していなかった言葉に僕は狼狽える。

「どういう意味だよ」

「お前には言わなかったんだけど、昔サークルの先輩からいろいろと清香さんの噂聞いてたんだよ。入学したての頃、あのひとの親族だっていうひとが大学に押しかけたり、実家が何やってるのかわからなかったり。それに、お前と知り合う前に清香さんの元彼が失踪してるんだって」

友人は目を伏せた。僕は言葉を失う。そんな話聞いたことはなかった。

いつも柔らかく笑って、僕がレポートに苦戦していたら夜通し付き合ってくれるような彼女が、そんなものを抱えていたなんて。

友人は僕の肩に手を置いた。

「元彼みたいにお前も何があるかわからないしさ。もう忘れた方がいいって」

僕は首を横に振った。胸にあったのは先程とは別の思いだった。

「清香さんは悪いひとじゃないよ。誰にも相談できないことがあるのかもしれない。僕が行かないと」

友人は目を丸くして溜息をついた。

「お前、そういうとこだぞ。騙されたり利用されるタイプだろ」

「ノート借りてる俺らが言えないけどな」

もうひとりの友人が茶々を入れる。一瞬空気が和らいだが、ひとりだけはまだ暗い顔をしていた。

「環、まさか実家まで行くつもりじゃないよな？」

「行くよ。ちょうど夏休みに入るし、いい機会だ」

呆(あき)れられても馬鹿にされてもいい。もう一度彼女とちゃんと話をしたい。わかり合えないことなんてないはずだ。それで嫌われるなら仕方ない。このまま忘れたふりをするよりずっとマシだ。

僕はホームページに表示された直売所の住所を見つめた。聞いたことのない村だった。どこだろうと、諦めるつもりはない。


東京から夜行バスで五時間、その後も電車を乗り継いで辿り着いたバス停は、ひどく閑散としていた。

バスターミナルのあった駅は土産屋もあって賑わっていたけれど、ここは大違いだ。観光案内所で場所を確認したときも、清香の故郷の村の名前は知らないと言われてしまった。知る人ぞ知る秘境ですらないのだろう。

途方もなく広がる空の青と田んぼの緑の中に一点、バス停の看板の赤が目に痛いほど眩しい。夏の原風景のような光景だった。

間もなく塗装の錆(さ)びついたバスが現れる。緩んだファンベルトの音が響き、扉が開く。冷房の効きが悪いらしく、中にはぬるま湯のような空気が満ちていた。車内は無人だ。僕が後ろの広い座席に座ると、バスが発車した。

道の凹凸を踏んでバスが跳ね上がる。車窓を流れる田園風景は連綿と変わりない。いくつものバス停を通過した頃、腐りかけた木製の待合所の前でバスが停車した。

日差しを避けるどころか空気が篭って余計に暑そうな待合所に女の子がいた。高校生くらいだろうか。色褪せたブリキのベンチに座る彼女はほっそりとして手脚が長く、青のインナーカラーの入った髪といい、田舎の学生とは思えなかった。

思わず目を奪われていると、女子高生が急に顔を上げた。大きな瞳の視線は鋭く、窓越しに僕に突き刺さった。じろじろ見て失礼だったなと、慌てて目を逸らす。バスの扉が開いて、彼女が乗り込んできた。

僕は極力目立たないように俯く。だが、女子高生はどんどん迷わずこっちに進んできて、僕の前の座席に座った。こんなに空いているのに。何となく気まずくて、僕は大学の図書館で借りた資料を開く。

バスが発車すると、振動がひどくて文字を追えなくなってきた。気分が悪い。車の中で本を読めるひとを尊敬する。

本を下ろして深呼吸すると、前の座席の女子高生の頭が見えた。きっと都会の学生だ。ひとりでこんな遠くに来て不安じゃないんだろうか。

僕は身を乗り出して、極力不審がられないように笑った。

「こんにちは、どこから来たんですか？　僕は東京から」

彼女は首を伸ばして、じろりと僕を睨んだ。

「こんな田舎でナンパですか」

僕は慌てて手を振る。

「違うよ。この辺りの子じゃなさそうだから、気になっただけで……それにこれから彼女に会いに行くんだし」

女子高生は目を見開いた。ナンパじゃなくて驚いたというより、何かよくないことを聞いたような顔だった。

「彼女に？」

「そうなんだ。この先の村に住んでるみたいで」

「みたいって、恋人なのに知らないんですか」

「事情があってね……」

僕はたじろぎながら苦笑する。女子高生は冷めた目で僕を見た。

「ストーカーなら止めた方がいいですよ」

「違うよ！　ちょっと連絡が取れなくて心配だから来ただけだ」

「ストーカーはみんなそう言います」

「本当に違うんだって！　僕もよく知らないけど、何かあったみたいで、とにかく村に行かなきゃいけないんだ」

「……その村って、まさかここの村ですか」

彼女は清香の生まれ故郷を言い当てた。

「そうだけど、何で知ってるの？」

女子高生は言いずらそうに目を伏せた。

「やめた方がいいですよ。その村、よくない噂がありますから」

僕は息を呑んだ。

「どういうこと？」

彼女は答えない。友人に言われたことと同じだ。よくないから。やめた方がいい。そんな訳のわからない理由で遠ざけられるのはもううんざりだ。

「……もしそうだとしても、だからこそ、行かなきゃいけないんだよ」

女子高生は呆れ混じりにまた息を吐いた。

「難儀なひとですね。私も他人のことは言えないですが」

「もしかして、君もあの村に行くの？」

「行かなきゃいけない理由があるので」

「知ってるなら教えてくれないかな。あの村には何があるの？」

彼女は遠い目をして車窓を眺めた。

「わかりません。私にもまだよく理解できてないことだから」

俯いた少女の表情にはどこか暗く張り詰めたものがあった。何か大きな悩みを抱えて、人里離れた場所に自分探しの旅に来たのかもしれない。僕も高校生の頃は狭い教室が世界の全てに思えて、小さなことに悩んだこともある。

僕は努めて明るく言った。

「わからないことなんてないよ。ちゃんとわかり合おうとすれば全部のことに理由がある」

女子高生は窓から僕に視線を動かした。その瞳に何が隠れているのかわからない。ただ憂いを帯びた表情は清香に少し似ていた。

「よかったら、一緒に行かない？　目的地は一緒みたいだし」

彼女は少し考えてから言った。

「まあ、いいですけど……」

僕は座席越しに手を伸ばす。

「僕は尾田(おだ)環、大学二年生。君は？」

「月野明(つきのめい)、高二です」

月野は手を握り返さなかった。僕は行き場をなくした手を引っ込めて再びバスに揺られた。

私はイヤホンを耳に押し当てた。何も聴く気はなかったけれど、さっきから馴れ馴れしく話しかけてきた後ろの席の男、環がまだ話しかけようとしてきたからだ。厄介なことになったと思いながら、私は窓ガラスに頭をつけた。無遠慮な振動が頭蓋を揺らす。

＊＊＊

私のクラスメイトが全員死んでからしばらく、あの事件のことを調べ続けていた。事件は事故ということで片づけられ、大した報道もされずにすぐ収束した。

おかしい。表沙汰にできない真相にしても、あんなに早く何事もなかったように揉み消されるなんて。何かの力が働いていると思った。岡阿弥（おかあや）先生は思わぬ形で呪いの力を手に入れたように語っていた。誰かが与えたんだ。元凶がいる限り、私はまた同じことに巻き込まれるかもしれない。

調査を続け、この村の噂に辿り着いた。

それは都市伝説にもならない些細（ささい）な噂だった。村を訪れた人間たちが戻ってこないまま失踪している。事件性がないから捜査はされない。それだけの話だった。

それなのに、何故（なぜ）か引き寄せられた。起きているつもりで、悪夢の中に引きずり込まれていたような、首筋がチリチリするような感覚。たったそれだけを頼りに、私はこんな村まで来た。

バスはどんどん山深い方へ進む。左右の木々が天蓋のように垂れこめて、閉じ込められるようだった。そう思ったとき、急に視界が開けた。

閑散とした畦道の向こうに民家が点々と散らばっている。その向こうには大きな川が流れていた。真夏の原風景のような、長閑で明るい景色だった。

こんなところに都市伝説があるのだろうか。私は疑問を振り払う。岡阿弥先生だってとてもひと殺しには見えなかったでしょう。先入観で気持ちを迷わせたら終わりだ。私は川の水面を反射してきらきらと光る窓外を睨んだ。

＊＊＊

バスを降りると、真夏の屋外だというのに空気が冷たかった。不気味な予感にゾッとしたが、月野は涼しい顔で立っている。年上の僕が怯えていちゃ駄目だ。

僕は辺りを見回した。畦道の右側には青々とした背の低い木々が広がっている。左側には巨大な川が流れていて、水面が陽光を反射してアルミホイルの表面のように輝いていた。

僕は深呼吸して気持ちを整える。清香に会ったら何と言おう。会わせてもらえないかもしれない。それでも、ちゃんと話して説得しなければ。

「月野さん、じゃあ、行こうか」

僕は歩き出した。思っていたより村は広い。そうはいっても、家の影はほとんどなく、代わりに青々とした葉野菜や、宝石のような赤い実がなる畑が広がっていた。道端にトタン屋根の小屋がある。

ホーローの古びた看板に商店と書いてあったが、今日はやっていないようだ。うがい薬のような色をしたガラス戸に張り紙があった。「次の入荷は二十日です」。村の外から業者が来て、商品を下ろしたときしか営業しないのだろうか。ガラス戸は埃をかぶっている。きっと月に一、二度しか開かれないのだろう。随分閉鎖的だと思った。

清香は活発なタイプではないが、意外に行動力があって、東京で開かれるいろいろなイベントに僕を誘ってくれた。古本市から各国の料理が集まるフェスティバルまで。この村から来たなら、全てが珍しく見えたかもしれない。

彼女の行動力に任せて、出かける計画を任せきりだった自分に腹が立つ。東京に連れ戻せたら、もっといろんなところに行こう。そう決めた。

村を貫く川に沿って歩いていると、巨大な水門が見えた。まるでダムのようだ。この村の水源はもっと大きな流れに繋がっているのかもしれない。

　水門の向こうに聳(そび)え立つ山を見上げていると、村人の集団に出くわした。畑仕事を終えたばかりなのか、土まみれのタオルで汗を拭い、顔中に泥を塗り広げながら歩いていた。老若男女入り交じった集団は皆、朗らかに笑いながら会話をしている。

　その最後尾に清香がいた。僕は吸い寄せられるようにふらりと彼女の前に出る。月野が咎(とが)めるような目を向けたが、止まらなかった。

「清香さん……？」

　彼女は足を止め、いつもの少し憂いを帯びた顔で微笑んだ。

「環くん、来たんだ」

　まるで、予想していたような口ぶりだった。

　白い肌は少し日に焼けていた。デートの度に古着屋で買った服をセンス良く組み合わせていた彼女は、飾り気のない白いシャツとジーンズを纏っていた。笑顔だけは僕の知る彼女だ。

　僕は周りの村人を押し退(の)けて清香に詰め寄った。

「来たんだって……連絡も取れないから心配してたんだよ。一体どうしたんだよ。定期試験も終わっちゃったし、応募してたインターンももうすぐなのに！」

「そうだったね。でも、もういいの」

「もういいって……」

僕は言葉を失う。まるで人生に絶望したかのような口ぶりだ。でも、彼女の笑顔は一点の曇りもなかった。隣にいる月野は怪訝(けげん)な顔で僕と清香と村人を見比べている。何か言わなければと思うのに、言葉が出てこない。

清香に詰め寄るより早く、村人が僕を取り囲んだ。手一杯に青々とした苗木を抱えた、恰幅(かっぷく)のいい中年女性が僕を見上げる。

「清香、もしかしてこのひとが彼氏さん？」

僕が狼狽えていると、清香が顔をほころばせた。

「もうやめてよ、お母さん。みんなの前で」

このひとが清香の母なのか。失礼だとは思いつつ、何となくもっと都会的な女性を想像していた。目の前にいるのは田舎の気のいい肝っ玉母さんのような雰囲気だ。

曖昧(あいまい)に頷(うなず)く僕を余所(よそ)に、村人たちの輪が更に狭まって僕を囲んだ。

「優しそうでいいひとじゃないか」

「前のより素直そうでこっちのがいいよ」

「でも、女の子みたいに細いね。力仕事はできるの？」

遠慮なく浴びせられる言葉に面食らう。前のひと、という言葉が胸に刺さった。友人が言っていた、失踪中の清香さんの元恋人。年嵩の男性が僕の肩を叩いた。

「娘の恋人なら歓迎しないとな。そっちの娘さんは？」

視線の先には目立たないよう肩を落として縮こまる月野がいた。彼女は素気なく答えた。

「たまたまバスで乗り合わせたんです。高校のレポートの研究のために来ました」

清香の父らしい男性は鷹揚に頷いた。

「じゃあ、一緒に来なさい。今夜は歓迎会だな!」

僕は何とか笑みを作るのに必死だった。拒絶されたり排他的に扱われる方がまだマシだったかもしれない。感情の置き場を見失った気分だ。

清香は家族とともに宴会の準備をすると言って止める間もなく去っていった。僕も手伝うと言ったが男子が厨房に入るなと追い出されてしまった。時代遅れだと思いつつ、このコミュニティはそういう分担で成り立っているのだろう。

畦道を歩きながら、清香のことを考える。

別人のようだった。日当たりの悪い都内の安アパートで何度も見た陰のある横顔とは似ても似つかない。太陽の下で屈託なく笑う表情。あれが本当の彼女だったんだろうか。

僕は何も知らなかった。そう、知らなかっただけだ。ちゃんと向き合えばきっとわかり合える。そのための時間は充分にある。

延々と続く道だけ眺めていた視界に、土埃で汚れたローファーが目に入った。顔を上げると、月野がつまらなさげな顔で立っている。僕は慌てて表情を繕った。

「月野さん、村の皆さんのところにいるのかと思ってたよ」

「やらなきゃいけないことがあるので」

「レポートの研究って言ってたね」

月野は呆れたように首を横に振った。

「環さん、騙されやすいってよく言われませんか」

「たまに……」

僕は苦笑してから、月野が村を警戒して何かを調べに来たことを思い出す。こんな長閑(のどか)な村に何があるというのだろう。月野は不意に顔を背けて、遠くを見つめた。

「何かあったの？」

月野がキラキラと光る川を指差す。盛り上がった土手の隅に小さな木造の祠(ほこら)があった。まだ新しい。目を凝らすと、木の囲いの中に何かがあった。それはくねくねと曲がりくねった白い大根を模したような像だった。月野が言った。

「あれ、何かわかります？」

「何だろう……地蔵でも道祖神でもない。珍しいね」

ありきたりな言葉に月野はまた呆れたようだった。僕は少し考えて付け加える。

「もしかしたら、蛇神かもしれないな」

「蛇神ですか？」

「そう。水の神様として祀（まつ）られることが多いんだ。日本では龍神とも同一視されるね。特に白蛇は神聖なものとされるから、そうじゃないかな。ここは大きな川があるし、水害から村を守るために祠を建てたのかも」

月野は少し目を丸くした。

「やっと現役大学生なんだなって信用しました」

「ありがとう……今まで信じてなかったの？」

月野は肩を竦（すく）める。遠くから村人が呼ぶ声が聞こえた。夕飯の時間らしい。まるで家族に呼びかけるみたいだ。


清香の家は旅館と見紛うほどに広い日本家屋だった。

玄関から通されると、土間には既に大量の汚れた靴が並んでいた。半分開いた障子の向こうの庭に夕顔が咲き乱れている。何もかもが想像と違った。幼少期の清香がここで過ごしている姿が思い浮かばない。清香の母が座敷の向こうから手招きした。

「環くん、こっちこっち！」

僕は返事して足を進める。月野は居心地悪そうに僕の後ろをついてきた。

襖を開けて再び面食らった。宴会場のような座敷には二十人くらいの村人が正座して、既に酒のグラスを傾けていた。木彫りの卓には大皿いっぱいの揚げものやお櫃が載っている。

僕は清香の母に押されながら、清香の隣に座った。月野は無言で隅の席に腰を下ろす。中央で胡座をかいている清香の父親がビール瓶を持ち上げた。

「みんな揃ったな。じゃあ、乾杯！」

割れんばかりの乾杯の声がこだました。ひとの声と体温の奔流に気が遠くなる。瞬きする間にビールが注がれ、村人たちが次々と僕に話しかけた。

「これ、うちで採れた南瓜とトマトの掻き揚げなの」

「全然酒が進んでないじゃないか。若いんだから一気にいきなさい」

「清香ちゃんとはどこで知り合ったの」

僕は全てに苦笑いを返しながら何とか自分の意識を繋ぎ止める。これじゃ清香に話を聞く時間もない。傍の彼女は村人たちと談笑していた。

居心地悪さに何となく周りを見回すと、月野の向かいに座る若い男性と目が合った。年は僕より少し上だろう。日に焼けて体格がいい。高校時代の運動部ではよく見たが、大学に入ってからは久しく関わりのないタイプだ。

彼は鋭い視線で僕を睨みつけた。初対面の人間に急に敵意を向けられて面食らっていると、清香の母が給仕の手を止めた。

「あ、おふたりとも気になる？」

清香の母は含みのある笑みを向けた。

「こちらは井吹大和くん。清香の紹介で二年前にこの村に移住したばかりなの。村の力仕事もたくさん手伝ってくれて、もう家族同然よ」

直感で、彼が清香の元恋人だと思った。もしかして、清香は彼、大和に会うためにこの村に戻ったんじゃないだろうか。すぐに問いただしたくなったが、依然僕を睨む大和の視線に負けて、目を逸らしてしまった。

ふと、卓の隅で小学生くらいの少年がゴソゴソやっているのが見えた。少年は置いてあった僕の鞄のファスナーを開けている。僕は慌てて駆け寄った。

「ちょっと、僕のものだよ」

少年はフィールドワーク用にしまってあった僕のデジタルカメラを掲げた。

「すごい、新品だ！」

彼の母親らしき女性は止めるでもなく微笑んでいる。何て親子だ。僕が少年からカメラを取り上げると、少年はまるで僕がおかしいように目を丸くした。他の大人たちも皆、僕を見ている。上座に座る清香の父が赤い顔で笑った。

「そうか、君にはまだ教えてなかったな」

僕は思わず問い返す。

「この村では個人の財産というものがないんだ。この農作物もそう。皆で分け合うんだよ」

「他人が持ってきたものもですか？」

「他人なんて。皆家族同然だ」

村人たちはいっせいに笑う。ぞっとした。ここには個人の所有物という概念もなければ、プライバシーもない。現代日本でこんな村がまだ存在するのか。唖然とする僕の前に清香が歩み出た。

「もう、環くんはまだお客さんでしょ」

清香はまだ呆然とする僕の袖を引いて隣に座らせた。

「これ、食べて。椎茸の天ぷら、好きだったでしょ？」

「ありがとう……」

清香は微笑む。覚えていてくれたのか。別人のようだけど、やっぱり清香は清香だ。

僕は意を決して、彼女に向き合った。

「清香さん、何で連絡してくれなかったの」

清香は面食らったような表情をしてから、ごめんねと笑う。

「ここ電波が悪いから、ちょうどいい機会だしネット断ちしようと思ってＳＮＳも削除したの。あるとつい気になっちゃうでしょう？」

「だからって、ずっと大学にも来ないし……」

「うん、何ていうか、一度ここに戻ったら東京に戻れなくなっちゃったんだ」

僕は聞き返す。

「上京してからはずっと周りに合わせてちゃんと生きなきゃって思ってたの。だけど、ここのひとはお洒落しなくても流行りのものを知らなくてもあったかく迎えてくれる。やっぱり故郷が一番だったんだなって思っちゃったんだよね」

彼女は決まり悪そうに「都会に負けて逃げ帰ったって訳」と付け加えた。僕はやっとの思いで口を開く。

「何かあったのかって心配したんだよ」

「ありがとう。環くんなら来てくれるって思ってた」

清香は慣れた仕草で僕の手に指を絡めた。

「本当はね、何度か東京に戻りたいって思ったことがあったの」

「じゃあ……」

僕の言葉を遮って、清香は首を横に振る。

「それは、環くんに会いたいってだけだったから。もう叶っちゃった」

これじゃ本末転倒だ。そう思いながら、彼女の体温にわだかまった思いが解けかけた。清香がまだ僕を想っていてくれている。元恋人に会いに戻った訳じゃない。そのとき、冷たい声が響いた。

「ろくでもないのに引っかかったな」

声の方を見る。先程僕を睨んでいた彼だった。僕は思わず腰を浮かす。

「どういう意味ですか」

彼は答えずにグラスを傾けた。隣の清香が窘めるような視線を向けた。

「大和くん、やめてよ」

僕は清香と彼を見比べる。賑やかな座敷に重い空気が流れ出す。膠着した状況を断ち切ったのは、月野の声だった。

「そういえば」

隅でもそもそと食事を口に運んでいた月野は、誰に言うでもなく唐突に切り出した。

「川沿いの祠にあったあれは何ですか？」

酒を酌み交わしていた面々が驚きの表情を浮かべる。清香の父が頷いた。

「ああ、見たのか。あれはこの村の守り神だよ」

「環さんが蛇神じゃないかって言ってましたけど、そうなんですか？」

清香の母が皿を盆に載せながら笑う。

「詳しいのねえ。でも、違うのよ。うちのはちょっと珍しい神様だから。名前もないのよね」

「名前がない？」

眉をひそめる月野に、清香は柔らかく微笑んだ。

「この村はね、元々明治時代に元いた村から追い出されてしまったひとたちが移り住んだところなの。病気とか、口減らしとか、国が定めた宗教以外を信仰してるとか、いろんな理由で居場所をなくしたひとがここに逃げ込んだんだ。今の私も同じようなものだけど」

「そうですか……」

「神様はそのとき村人を追手から隠してくれた守り神なの。余所にバレちゃいけないからって敢えて名前をつけなかったんだ」

清香は僕に期末試験の勉強を教えるときのような口調で告げた。僕も民俗学の知識としてそういうことを習う機会はあったけど、清香の口ぶりはまるで自分の目で見てきたことのようだった。清香の父はグラスの中のビールを飲み干して言った。

「まあ、今では呼び名がないのは困るからって『くねくね』と呼んでるけどな」

「くねくね……」

「あの像みたいに曲がりくねった姿なんだよ」

月野は納得しかねたような素振りで頷いた。宴会は夜更けまで続いたが、勢いは増すばかりだった。賑やかな部屋に反して、僕の胸の中に不穏な隙間風が吹き込んだ。

＊＊＊

宴会から一足早く抜けて、私はこの村にひとつしかない民泊に辿り着いた。環はこのまま恋人の家に泊まるらしい。月野さんも一緒にどうと勧められたが、冗談じゃない。

私は綿の潰れたせんべい布団に寝転んだ。畳は腐りかけで、敷居はささくれて飛び出した木が足に刺さりかけたけど、あの家よりマシだ。

電気を消すと、外から不気味な鳥の鳴き声が聞こえた。蛍光灯に蚊がぶつかる耳障(みみざわ)りな音も響く。天井の木目が絶叫するひとの顔に見えた。昨日まで都内のマンションにいたのが信じられない。

清香という女のひとのことを思い返した。彼女も東京の大学生だったなんて信じられない。生まれてからずっと村から出ていないみたいに、村人に馴染(なじ)んで見えた。

朗らかな明るいひとたち。無遠慮で気に障るところはあるし、環の持ち物を勝手に漁（あさ）ったのは面食らったけど。何か悍（おぞ）ましいものを隠してるとは思えなかった。

　この村に何かが隠されてるなんて本当だろうかと疑いたくなった。

「そうだ。眠る前に調べなきゃ。『くねくね』って言っていたはず……」

　猿夢について調べているときに見かけた言葉だ。ということは、都市伝説やネットロアの一種なのだろうか。

　ぼんやりと目にしてはいけない存在というありきたりなことだけは覚えている。

　スマートフォンを開いたが、電波が悪い。Ｗｉ－Ｆｉなどない民泊の中では検索画面を開いただけで延々と読み込み表示が回り始めた。私は舌打ちしてスマートフォンを置く。

　こうして暗い部屋にいるといまだに猿夢が蘇（よみがえ）るときもある。眠ったら血生臭い夢の中にまた引き戻されるんじゃないかと思う。

　こんな思いのまま生きるのはごめんだ。そのために元凶を突き止めて、二度とあんなことを起こさないよう叩きのめさなきゃいけない。伊波（いなみ）の復讐（ふくしゅう）でもあり、私が生きるために必要なことでもある。

　岡阿弥先生は都市伝説を媒介とした呪いを突然手に入れたように語っていた。先生ひとりで辿り着いた訳じゃない。誰かが仕組んで、先生と私のクラスを使ったんだ。青い髪の少女もそんなことを言っていた。頑張って調べているのに、あれから彼女は現れていない。

「また会えるかな……」

私がこんなところまで来たもうひとつの理由は、青い髪の少女に会うためだ。

私はまたひとりぼっちに戻った。今までは孤独に耐えられたし、前に戻っただけだ。でも、戦うなら仲間がほしくなる。

環は正直あまり頼りにならない。優しくて騙されやすい。誰とでもわかり合えると、本気で信じてるなんて。

彼に岡阿弥先生のことを話したら何と言うんだろうか。生徒からお母さんと呼ばれながら、クラス全員を虐殺しようと企んでいた教師ともわかり合えるというのだろうか。

やっぱり、頼りになるのは青い髪の少女しかいない。あの子なら、私に近い境遇で、私のことをわかってくれるはずだ。

静かな闇の中にじんと耳鳴りが響いた。いつものことだ。血生臭くて生暖かい風が吹くホームで聞いたアナウンス。いまだに眠りに落ちる前は幻覚に苛まれる。

いつもの寝室と違うところで眠っても現れるなんて。私は苛立ちを抑えて寝返りを打つ。肩で耳を塞ぐようにして眠ろうとしたが、音は次第に大きくなった。

幻聴じゃない。私は布団から跳ね起きて、縁側に通じる襖を開けた。

サンダルを突っ掛けて外に出る。

深夜の村には街灯の灯りすらなく、月が鬱蒼とした木々の輪郭を僅かになぞっていた。静寂の中に川のせせらぎだけがやけに大きく聞こえる。

やっぱり聞き間違いだったかと思い、戻ろうとしたとき、悪夢の中で聞いたようなざらりとしたノイズが走った。私は身構える。

村の四方を囲む山から這うような声が響き出した。どこから流れてくるのかわからない。まるで山の奥に隠れた巨人が唸っているようだった。何を言っているのかは聞き取れない。

異常な状況に私は立ちすくんだ。落ち着け。何か仕掛けがあるはずだ。

暗闇の中、木々のざわめきと、川のせせらぎと、鼓膜を舐めるようなざらついた音が気を遠くさせる。

耳を塞ぎかけたとき、ひどいノイズとは打って変わって、鮮明な声が響いた。

「蛇川巴、明日の犠牲者は以上です。おやすみなさい」

私は息を呑む。声は確かにそう言った。辺りに静寂が戻り、庭の垣根の中の闇が濃くなる。

「どういうこと……」

私は震える腕を押さえた。見当違いじゃなかった、やっぱりこの村には何かある。それなら、調べなきゃ。

一歩踏み出したとき、薄暗がりの中で何かが蠢いた。川の方だ。月明かりを反射して蛇の鱗のようにぬるりと煌めく川沿いに何かがいる。

最初は白いバスタオルか何かが風に煽られているんだと思った。違う、辺りに物干し竿なんかないし、あれはもっと大きい。

遠近感がおかしくなりそうだけど、大人の人間と同じくらいある。手も足もない。闇の中でもわかるほど真っ白なものが、ひとりでくねくねと、くねくねと蠢いていた。

「あれは……」

鋭い頭痛が走った。キンと耳鳴りが響いた。

混乱する頭の中で必死に思う。見ちゃいけない。あの蠢く白いものを見たら終わりだ。そう思っているのに、私の目蓋は針金で固定されたように動かず、あれを見つめ続けている。

あれは何？　凶器を持って襲ってくる猿夢とは違う。ただ真っ白なものが動いているだけだ。こっちに来る訳でも危険なものを持っている訳でもない。

それなのに、何故かわかる。あれは猿夢と同じか、それ以上にまずいものだ。見ているだけで悪寒が走る。

逃げないと。私は動かない足を無理矢理引きずって後退る。

そのとき、視界が霞（かす）んだ。

古いテレビの画面の映像が乱れたように、目の前の光景にノイズが走る。意識が遠のいたとき、白の中に鮮やかな青が広がった。それと同時に私は突き飛ばされて庭の土に盛大に転がった。

「痛っ……」

私は擦りむいた肘を押さえて立ち上がる。頭痛と吐き気が消えていた。川沿いにいた白いものも見えなくなっている。


そして、目の前にあの青い髪の少女がいた。

信じられない。やっぱりここに来たのは正しかったんだ。

「また助けに来てくれたんだ……」

少女は機械のような無機質な声で言った。

「酷い顔」

私は慌てて顔を拭う。視界から先程の白く不気味な何かは消えていた。

それと同時に、恐怖と混乱でいっぱいだった頭の中が安堵と喜びで満ちる。彼女が来たということは、思った通りここには怪異があるということだ。それに、彼女なら怪異とも戦える。

私は少女に歩み寄った。

「ありがとう。私のこと覚えてる？　前にも助けてもらったの。あれから頑張ったんだよ。都市伝説とかネットロアのこと調べて、ここまで辿り着いて……」

少女は握ったバールの先を私の唇に押し付けた。

「覚えてる。そのマシンガントーク。また首を突っ込みに来たの？」

冷たい視線だったが、それだけでも少し嬉しかった。知らない村で、また訳のわからないものに巻き込まれていても、彼女だけは私と同じ場所で同じものを見ていてくれる。

「うん……でも、あなたがいるってことは、ここもそうなんだよね？」

「そう、また誰かが作り出した」

前、彼女から聞いた。都市伝説やネットロアを利用する連中は他にもいる。

遠い記憶が蘇り、私は息を呑む。猿夢で私以外のクラスの全員と岡阿弥先生が死んだ時、学校に知らない黒服の三人組が現れた。その後、事件は瞬く間に隠蔽され、何事もなかったように終わった。私は唇を震わせる。

「ここにも都市伝説やネットロアを使った呪いがあるってこと？」

「私はそういうところにしか現れない。私も同じようなものだから」

「……あなたも、一種の呪いなの？」

「そうかもしれないし、そうじゃないかもしれない」

無表情だった少女は、初めて憂いのような表情を見せた。

「私は自分が何者なのかわからない。自分の記憶もない。気がついたら私は存在していた。ただひとつわかるのは、自分が誰かの偽物だってこと」

「偽物……？　あなたの元になった誰か別のひとがいるってこと？」

「きっとそう。私はそれを探している。唯一確かなのは、私は都市伝説がある場所にならば存在できる。だから、生まれ続ける都市伝説をひとつずつ潰していけば、いつか辿り着けると思ってる。その正体が、どんな都市伝説より最悪なものだったとしても、何もわからないよりマシ」

　俯いた少女の姿は闇に溶けてしまいそうで、バールひとつで怪異を殴り倒していた子と同じとは思えない。私は思わず彼女に歩み寄った。

「きっと違うよ。あなたは私を何度も助けてくれた。いいひとだよ」

　顔を上げた少女はいつもの無表情に戻っていた。

「あなたからはそう見えるだけ。あなたが見たいものしか見ないなら、見込みなし。この村の人間もそうだから」

「えっ……」

　狼狽える私に、少女は川の方に目を向けて告げた。

「死にたくないなら気をつけること。私は前みたいに助けてあげられないかもしれない。今回は事情が違う」

「どういうこと……」

「言ったでしょう。私は都市伝説のあるところにしか存在できない。ここの都市伝説はまだ完成していない」

　聞き返す前に少女は忽然と消えていた。私はそこら中に土をつけたまま暗い庭に立ち尽くす。やっと近づけたと思ったのに。

　少女の声が頭の中で反響した。見たいものしか見ないなら。私も環のことを言えないのかもしれない。そう思った。

2日目（G県Y村）

僕が目を覚ました頃にはもう日が高くなっていた。清香が僕の肩を揺すって微笑む。

「朝に弱いところ、変わらないね」

いつもなら安心するはずの笑顔にも、気持ちが晴れなかった。

別人のような清香や、彼女の元恋人のことだけじゃない。昨日の夜聞いたものがまだ耳の奥に残っていた。幻聴だったんだろうか。擦り切れたテープから流れる禍々しい声。

ほとんど聞き取れなかったけど、最後だけははっきりと聞こえた。


「蛇川巴。明日の犠牲者は以上です。おやすみなさい」

確かにそう言っていた。長閑なこの村で聞いたとは思えない、ゾッとするような響きだった。

村にはくねくねと呼ばれる奇妙な信仰があることは昨日聞いた。それと合わせても腑に落ちない。信仰の形とは関係ない、この村独特の風習なんだろうか。それとも長旅の上にいろんなことがあって疲れていたからそんな幻聴を聴いたんだろうか。

暗澹たる思いで清香の家の外に出ると、道端に月野が立っていた。僕は努めて明るく言う。

「おはよう」

「おはようございます……寝られてないんですか？」

月野の目の下には僕と同じ濃いクマがあった。僕は笑って誤魔化した。

「枕が変わると眠れなくて」

月野は少し逡巡するように俯いてから顔を上げた。

「夜中に変なものを聞いたんじゃないですか」

僕は表情を繕うのも忘れて頷いてしまった。

「君も？」

月野が聞いたのは僕が聞いたのと同じものだった。ただの幻聴じゃない。

僕たちは朝露が濡らす畦道を進みながら話を始めた。古民家が並ぶ長閑な光景と、昨夜の禍々しい放送はどうしても頭の中で繋がらない。

「何だったんだろうね……」

月野は何かを伝えるか迷っているようだった。

「君はこの村に気をつけろって言ってたよね？　何か知ってるの？」

道端の小石を蹴りながら月野は口を開いた。

「環さんは都市伝説って詳しいですか？」

「民俗学の研究で少し触れるよ。民間伝承の伝播とそういったものの繋がりは馬鹿にできないからね」

「じゃあ、教えます。信じないと思いますけど……」


聞き終えて思ったのは、大人びて見える月野にも年頃の学生らしいところがあるんだなということだ。

都市伝説やネットロアを使った、実際にひとを殺すための呪い。それを仕込んだ何者かの存在。自分もそれに巻き込まれて、自分以外のクラスメイトが全員死んだこと。

彼女くらいの年なら怪談を本気で信じてしまうのもわかる。でも、さすがにここまで真剣になるのは珍しい。

そういえば、月野の通っている学校で半年前、集団食中毒が起こったというニュースを聞いた。担任が配ったお菓子でクラスのほぼ全員が死亡し、責任を感じた教師が自殺したとか。名門のお嬢様高校にあるまじき事件だと取り沙汰されていたのを覚えている。

きっと月野は教師や級友の死のショックに耐えきれず、何か理由を求めてしまっているのだろう。古来、災害を妖怪のせいにしたように追い詰められた人間にはよくある話だ。聡明そうな彼女がそうなってしまった経緯を思うと胸が痛んだ。

正面から否定するのはよくない。僕は真面目な顔で頷いた。

「教えてくれてありがとう。僕に協力できることがあったら言ってほしいな」

月野は少し表情を和らげた。

「じゃあ、清香さんにそれとなく聞いてもらえませんか。この村に何かがあるなら、誰彼構わず迂闊に聞くことはできません」

「僕の彼女なら安全だってこと？」

「比較的」

参ったなと思った。月野を刺激したくないが、この話をそのまま清香に伝えるのは気がひける。でも、僕と月野が揃って妙な音声を聞いたのは事実だ。

そう思った矢先、清香が家から現れた。

「ふたりともどうしたの？」

僕は言うべきか迷いつつ、昨日聞いたものについて話した。清香の反応は予想していなかったものだった。

「それはよかったね！　とっても貴重な体験をしたんだよ。神様の声を聞いたんだから」

言葉を失う僕と月野に対して、彼女は屈託なく微笑んだ。僕といるときもあまり見せたことのない、心の底から喜んでいるような表情だった。

「昔いろんなひとが村に逃げてきたって言ったでしょう？　その中にこういうひとがいますって周りの村に密告して、お金をもらおうとした悪いひともいたの」

「……それで？」

「そうしたら、神様の声が村中に響いて、密告者の名前を告げて回ったの。村人はそのひとを追放して無事過ごすことができたんだって」

僕と月野は顔を見合わせる。清香だけは納得したようにひとりで頷いていた。月野が先生に質問するように手を挙げる。

「それが昨日の声と何の関係があるんですか」

清香は首を傾（かし）げた。瞳は熱に浮かされたようにぼんやりとしていた。

「村にお客さんが来るなんて珍しいから、神様が警戒しちゃったのかもね」

僕は当然のことのように言う清香を見つめた。彼女はこんなに迷信深かっただろうか。月野は明らかに妖怪を見たような顔をしている。

神託といえば、各地の祭りには神の声を聞くためにトランス状態になるようなものがあるのは知っている。

でも、それは祭事の手順を踏んで、祭りの熱気や酒などの力を借りて、一部の人間にやっと起こることだ。静かな夜更けに唐突に聞こえるものじゃない。

それに、神託とは程遠い、まるでニュース番組の臨時速報で流れるような無機質な言葉だった。清香は僕の疑心を読み取ったように目を三角にした。

「疑ってるの？」

普段の彼女からは想像できない刃物のような冷たい響きだった。僕が慌てて手を振る。

「信じてるよ。じゃあ、僕たちはどうすればいいのかな」

清香は打って変わって明るく言った。

「環くんも月野さんも、一緒にお参りして神様に挨拶しよっか。危ないひとじゃないって信じてもらうために」

僕は頷く。まだ頭の中は整理しきれていないが、ひとまず清香がいつもの笑顔を取り戻したことにだけは安堵（あんど）した。

歩き始めた清香の後を追おうと踏み出したとき、月野が言った。

「その前にひとつだけ聞きたいんですが。蛇川巴さんという方はこの村にいますか？」

僕はハッとする。昨日の声が呼んでいた名前だ。清香は足を止め、振り返りもせず言った。

「知らないな、この村のひとはみんな知ってるけど、聞いたことない」

先程と同じ、刃物のように冷たい声だった。


清香に連れられて僕たちは川沿いの道を進んだ。

村人たちが畑仕事をしたり、猫車を押しながら僕たちに挨拶する。月野は川の輝きから目を背けるように歩いた。

土手が途切れるところに綺麗(きれい)に磨かれた石段があった。清香は僕たちを導いて石段を下っていく。

左右でザワザワと揺れる木々を避けながら進むと、幾つもの真っ赤な鳥居が現れた。資料で見た京都の伏見稲荷のようだと思う。等間隔で並ぶ赤い鳥居の脚の向こうに鈍(にび)色の仏像が立っていた。ちょっとした異界のようだ。

周りには卒塔婆に似た木板が立っている。だが、卒塔婆と違って一本しかなく、ひどく大きい。表面には刻まれた跡と筆で記されたたくさんの名前があった。月野は怪訝な顔でそれを見つめていた。

清香は構わずに明るく言う。

「ここは今まで村で亡くなった方の名前が刻んであるの。お墓は別のところにあるけど、こっちは慰霊碑みたいなもの。ちゃんと神様の元に行けるようにね。神像はこっち」

僕は清香の指す方を見て思わず呻いた。

仏像の台座、最初は蓮の花か何かだと思った部分に奇妙なものが広がっていた。人差し指大の白くくねくねとうねった陶器がびっしりと仏像の周りを一周している。川沿いにあった神像と同じものなのだろうが、だったら、仏像じゃなく、くねくねの神像を立てればいいのに。まるで蛆が涌いてたかっているようだ。

言葉にできない違和感に口を噤む僕にかまわず、清香は仏像の前で手招きした。

「ここはお参りの仕方がちょっと特殊なの」

僕は感じた不気味さをなるべく出さないよう笑みを作った。

「二礼二拍手、いや、合掌かな？」

「いえ、村ではこうするの」

彼女は仏像の方に身体を向けると、手の平ではなく手の甲を打ち合わせた。長い睫毛を瞬かせ、清香は薄く目を閉じて真剣に祈る。よくアパートの窓際で微睡んでいたときと同じ安らかな表情だった。

どこにいても清香は清香だ。彼女らしくいられるなら無理に連れ戻す必要はないのかもしれない。僕は彼女に倣って目を閉じ、手の甲を打ち合わせた。

「私と同じように数を数えて。一から十まで」

清香と僕は同時に呟く。一、二、三、四、五、六、七、八、九、十。

「私に続けて言って。川部　倶禰倶禰止　川部」

奇妙な響きに僕は言葉を紡ぐのを忘れる。かわべ　くねくねと　かわべ、と聞こえた。

目を開くと、月野は両手を下ろして棒立ちのままだった。清香が首を傾げる。

「どうしたの？」

月野は強張った顔で何かを躊躇っているようだった。視線は祭壇の奥で留まっている。まだ都市伝説について考えているのだろうか。僕は彼女に呼びかける。

「月野さんもやった方がいいんじゃないかな。郷に入っては郷に従えって言うし」

「もう、環くん。若い子に説教しておじさんくさいよ」

僕たちのやり取りに、月野は表情を和らげた。

彼女がようやく手を上げたとき、細い手首を後ろから突き出した腕が掴んだ。月野

は驚いて振り返る。僕も咄嗟(とっさ)に身を乗り出したが、清香に止められた。

「大和(やまと)くん……」

月野の腕を掴んでいるのは、昨日の宴会で会った彼だった。月野は冷たい視線を向ける。

「離してもらえますか」

大和はあっさりと手を離した。月野は跡がついた手首をさすっている。

僕は進み出て、月野と大和の間に割って入った。

「どういうつもりですか」

大和は嘲笑を返した。

「ろくでもないことしてるみたいだったからな」

「僕のことが気に入らないなら僕に突っ掛かればいいでしょう。女子高生に手を上げて恥ずかしくないんですか」

「環くん！　大和くんもやめて！」

清香が叫び声を上げた。声を聞きつけたのか、石段の上から村人たちが顔を覗(のぞ)かせる。大和はそれを見上げると、僕を突き飛ばして去っていった。

清香が眉根を下げる。

「ごめんね、ふたりが村に馴染(なじ)むのが気に入らないんだと思う」

「清香さんのせいじゃないよ。月野さん、大丈夫だった？」

月野は無言で頷いた。清香がかぶりを振る。

「彼のこと知ってるんだよね」

「軽く話で聞いただけだけど」

「昔、付き合っていた人……。でも、環くんと付き合う前に別れたよ。大和くんはうちの家業を手伝ってくれて、こっちに移住したんだけど、いろいろあって……ごめん、こんな話聞きたくないよね」

清香は俯く。僕は大丈夫だと彼女の肩を叩いた。彼女も話すのは辛いだろう。いつかちゃんと腹を割って話せるまで待とう。

「ありがとう。私、環くんに会えてよかった」

清香は僕の肩にしなだれかかるように頭を預けた。

「大和くんと別れたとき、もう誰かと付き合うのなんかやめようって思ってたんだ。でも、環くんに出会えたから……」

僕は清香の背中を支える。彼女の肩越しに見える月野は、祭壇の一角をずっと眺めていた。先程清香が示した慰霊碑の方だった。

＊＊＊

日が落ちて、川沿いの畦道が闇に包まれてからすぐ、私はあの神社に向かった。

昼間の記憶を辿り、無人の道を進む。蝉の声が炭火で物を焼いているようにジブジブと響く。田舎の夜は静かだというけど、私のマンションの周りよりずっと賑やかだ。

絡みつく熱気に汗ばむ肌を拭いながら、私は石段まで辿り着いた。手すりのない階段を一歩ずつ下る。

灯りはひとつもなく、赤い鳥居は夜の色と同化して黒ずんで見えた。闇の中で仏像の巨大な顔がぼんやりと浮かび上がる。そのまま口を開いて襲いかかってきそうな不気味さだ。何故ここにあるのは、くねくねの像ではなく仏像なのだろう。

それより気になることがある。

私は足を進め、昼間に清香が慰霊碑だと言った木板の前に立った。見間違いではない。たくさんの名前が連なる中に、一筋刃物で粗く削ったような傷跡があった。

私は注意深く土の上を探る。指先に何かが刺さった。木の欠片だ。

私はそれを拾い、月光に掲げた。筆文字で「蛇川巴」と書かれていた。

昨夜の声が呼んでいた名前だ。清香はそんな人間は村にいないと言っていたが、それなら名前があるはずがない。しかも、慌てて削って隠したようなやり方。

いったいこの村は何を隠しているのだろう。

そのとき、暗がりの中に一筋の細い糸が流れてきた。煙だ。一瞬火事かと思ったが、薄っすらと混じるメンソールの匂いで煙草だと気づいた。

振り返ると、ひとつの鳥居に男がもたれかかっていた。彼がこちらを向く。思った通り、昼間私が祈るのを止めたあの男だ。

「大和さん、でしたっけ……」

男は私を一瞥した。

「女子高生がこんな時間に何してるんだ」

「そっちこそ、わざわざ神社で煙草を吸わなくても」

「どこで吸おうと勝手だろ」

大和は火を消すでもなく煙を吐いた。岡阿弥先生が葬式会場で吸っていたのを思い出す。私は彼に歩み寄った。

「何で昼間、私がお参りするのを止めたんですか？」

大和は間を置いてから言った。

「あの間抜けが真剣な顔してやってたから苛ついたんだよ」

「環さんのことですか？」

「そんな名前だったな。いい年して何がお参りだ。お前もそう思っただろ」

大和はわざわざこの村に移住したのに、くねくねのことを信じていないんだろうか。

私はもう一歩彼に近づく。

「あなたはここの守り神を信じていないんですね」

当然、と返されると思ったが、大和は何とも言えない表情をして目を伏せた。

「信じてるんですか？」

「どっちでもいいだろ！」

彼は突然声を張り上げて身を引いた。まるで怯えてるみたいだ。大の大人が女子高生に。私は距離を置いたまま問いかけた。

「あなたは何でこの村に住もうと思ったんですか？」

「住みたくて住んでる訳じゃない……戻れないだけだ」

「どういうことですか？」

大和は煙草を挟んだ手で自分の顔を擦った。小さい子が涙を拭うような仕草だった。

掠れた呟きが聞こえた。

「あの女だよ。イカれてる。何が本当で何が嘘だかわからなくなってきた……」

私がいるのを忘れたように、彼は独り言を繰り返す。もう切り上げた方がいいかと思ったとき、大和は急に私を見た。

「お前だってこの村がおかしいって気づいてるだろ」

私はゆっくりと頷いた。

「じゃあ、何で来たんだよ」

「私は……」

言いかけたとき、鼓膜を生温かい舌で舐められたような雑音が響いた。月光が鳥居と仏像を一直線に照らす。大和の青ざめた顔が浮かび上がった。

「くそ、またこれだ……」

彼の腕から煙草が落ちる。燻ぶった火が腕を焼いたのにも気づかないようだった。

大和は何度もかぶりを振る。

「何でこんなことになったんだよ……俺は清香と結婚するつもりで、変な村だって思ってても耐えて、あいつの両親にだって従って、いつか普通にやっていけるって思ってたのに……」

上ずった声を隠すように四方から昨日の音が響き始める。

しきりに念仏を唱えているような大音響。

大和の足がガタガタと震える。

「おかしいと思ってたんだ……あいつらが消えたときに引き返すべきだったんだ」

「あいつらって？」

大和は声を張り上げた。

「俺の仲間だよ！　一緒に来たんだ。村の奴らにここに呼ばれて、でも、くねくねなんて馬鹿馬鹿しいって、あいつらは……そうしたら……」

「何の話ですか……」

「知らない……だから、俺は信じてるふりをしたんだ！　あいつらみたいにならないように……でも、だって、何で……」

大和の言葉は支離滅裂で内容が見えてこない。大柄で威圧的に見えた彼が、子どもみたいに怯えている。大和の怯えと、音の振動が全身を這い上がって、私の身体の芯も震え出す。

弱気になったら駄目だ。猿夢のときのように仕掛けがあるはず。私は意を決して踵を返した。

大和の止める声を背に、私は階段を駆け上がる。頬を引っ搔く左右の木々が鬱陶しい。

真っ暗な畦道に飛び出すと、声はより鮮明になった。周囲を見回したが何もない。声は雲から降り注いでいるように反響している。ぶつ切りのテープのような不明瞭な音声に混じって川のせせらぎが聞こえた。

川辺には昨夜のアレが出るかもしれない。私は下を向きながら走った。街灯のない畦道は奈落の底へ続いているようで、何も見えない。絶えず響く不気味な声が遠近感をおかしくさせる。

本当に、この村の神の声なのか。思わず信じそうになる。

周囲に村人の姿はない。村人がこの声を神の怒りだと思っているなら、こうして正体を暴こうとしているのがバレたらどうなるだろう。

危なくなっても青い髪の少女が駆けつけてくれる保証はない。猿夢のときだって、呪いが変化したせいで出てこられなかったこともある。

私は走りながら、スマートフォンの録音アプリを立ち上げた。電波がほとんど通らない村でも録音だけならできる。ずっと走り続けて足も肺も痛くなってきた。

そのとき、覚えのある声が響いた。

「月野さん？」

環が寝巻き同然の姿で道端から顔を出していた。私は彼の袖を引っ張ってしゃがませる。安堵と苛立ちがないまぜになって、私は声量を抑えて怒鳴った。

「名前を呼ばないでください、村人に気づかれたらどうするんですか！」

「気づかれたらって……挨拶すればいいんじゃない？」

怯えよりも呆れが勝った。警戒心がなさすぎる。私は息を整えながら言った。

「……何でいるんですか」

環は眉根を下げる。

「昨日と同じ音が聞こえたから。幻聴じゃないんだと思って、確かめに来たんだ」

「幻聴だと思ってたんですか。私の話も信用してなかったんですね」

彼は更に眉を下げ、申し訳なさそうに俯く。大して期待もしてなかったから仕方ない。私は環の耳元に口を寄せた。

「別にいいですよ」

「今度こそ信じたよ。それより一体あれは何だ？」

環の言葉を遮るように、上空から厭な音が聞こえた。ブチッ、ブチッと無理矢理髪を引き毟っているような音だった。息を呑んだ私と環を嘲笑うように、キュルキュルと高い音が響く。

そして、何かを準備するような低い息遣いの後、明瞭な声が響いた。

「井吹大和……」

喉元をぎゅっと押さえられたような衝撃に、息が漏れた。

「明日の犠牲者は以上です。おやすみなさい」

辺りはまた静寂に包まれた。ジンジンと蝉の声が聞こえ出し、蒸し暑い空気が身体に張りつく。微熱の人間に絡みつかれているように暑いのに、全身が寒くて足が動かなかった。

私は環の顔を盗み見る。彼は呆然と唇を震わせていた。

「大和って……」

「清香さんの元彼ですよね……」

環は視線を泳がせながら俯いた。大和はこの村を警戒して、私に何か伝えようとしていた。清香の話では、村に潜む密告者を神が晒し者にしたらしい。このふたつは関係があるのだろうか。もし、そうなら……。

スマートフォンから間の抜けた音が鳴り、録音の終了を告げた。私は我に返って、音声を確認しようと画面を開く。

そのとき、視界の端に白いものが揺れた。くねくねと、風に揺れるタオルのような影。キンと鋭い頭痛が脳を貫く。環が呻き声を上げて蹲った。

「環さん！」

「月野さん、大丈夫か！」

「見ないで、あれは見ちゃいけないものです！」

私は目を固く閉じ、頭の中から残像を押し出す。断続的な頭痛が続き、やがて潮が引くように痛みが消えた。私は恐る恐る目を上げた。

先に立ち上がった環が手を貸そうとしたが、私は応えなかった。座り込んだまま眺めた畦道に白い影はない。

私はぼやけた頭で思う。また猿夢のような恐怖に対抗しなくちゃいけないときが来た。

参日目（G県Y郡）

鼻先を細い毛束がくすぐった。目を開くと、黒い帷が降りたように僕の顔の前に垂れている。

僕は声をあげて飛び退いた。僕に覆いかぶさるように屈み込んでいた清香が目を丸くした。

「環くん、大丈夫？」

僕はようやく我に返る。昨日寝たときと変わらない清香の家だった。

彼女は心なしかショックを受けたような顔をした。

「そんなに驚かなくても……」

「ごめんごめん、嫌な夢を見たらしくて」

汗が滲みたTシャツがじっとりと張りつく。清香は手を伸ばし、僕の額に指を当てた。

「熱はないみたいね。うちはクーラーないから、熱中症かと思って心配しちゃった」

「ありがとう、もう大丈夫だよ」

清香はようやく微笑(ほほえ)んだ。冷たく細い手に気持ちが和(やわ)らいだ。

深呼吸して明るい部屋の中を見渡す。相変わらず旧家の天井の木目は禍々(まがまが)しく、四方をぐるりと囲む先祖の白黒の遺影も不気味だった。このせいで悪夢を見ただけだと思いたかった。だが、僕の手の平には昨日畦(あぜ)道で屈んだときの土がついていた。現実だ。僕は意を決して清香に問う。

「清香さん、昨日の夜中、何か聞こえなかった？」

清香はあっけらかんと笑う。

「うん、蟬(せみ)が鳴きっぱなし。都会暮らしが長いと気になっちゃうよね」

「そうじゃなくて、一昨日の夜僕が聞いた、あの変な放送みたいな……」

彼女は少し考えてから首を横に振った。

「聞こえなかったよ。でも、変なの。昨日ちゃんとお参りしたのにね」

駄目だ。清香はあの守り神のことを信じきっている。彼女がこんなに信心深いなんて知らなかった。これ以上下手(へた)に聞くのはまずい。

僕は汗でぐっしょり濡(ぬ)れたTシャツを脱ぎながら、ふと彼女を見た。

「そういえば、あの大和(やまと)さんって今どこにいるの？」

「知らない。もう私には関係ないから」

そう答えた彼女の声は驚くほど冷たかった。

ゼミのレポートのために村を散策したいと言ったら、清香や彼女の家族はすんなり受け入れてくれた。

もし、後ろ暗いことがあるならこうはいかないだろう。やはり、警戒するのは間違っているんだろうか。

川沿いには白い昼顔が咲き、水の中を影のような魚が行き交っていた。穏やかな光景につい昨日のことを忘れたくなる。

そう思った矢先、月野（つきの）が現れた。

「おはよう」

「おはようございます。昨日あんなことがあったのに元気そうですね」

月野の声は暗く、周りに重い空気が漂っていた。彼女は鋭い目つきで僕ににじり寄った。

「恋人の元彼ならどうでもいいと思ってます？　この村にいる以上、私たちも他人事じゃないんですよ」

僕は慌てて身を退いた。

「そんなこと思ってないよ。でも、清香さんにも聞いたけど、何も知らないって」

「鵜呑みにしたんですか」

「だって、頭から疑ってかかるのもおかしな話だろ」

月野は溜息をつき、辺りを見回してから言った。

「昨夜、大和さんに会ったんです。この村を警戒してるんだろって聞かれました」

「大和が？」

彼は望んでここに残ったんじゃないのか。疑問を見透かしたように月野は肩を竦めた。

「彼はここに残ったんじゃなく、帰れないだけだって言ってました」

「どういうこと？」

「わかりません。この村はおかしい気がするんですが、上手く考えがまとまらなくて」

僕は少し考えてから言った。

「彼に会ったって、どこで？」

「清香さんに連れていかれたあの神社ですよ」

「神社？　あれはお寺じゃないかな。仏像があったし」

「でも、鳥居があるのは神社ですよね」

頭の中が急に冴えた。確かにあの神社には鳥居も仏像もあった。

「環さん？」

「確かにちょっとおかしいかもしれない……」

「どういうことですか？」

「仏像も鳥居もあるお寺や神社も存在しない訳じゃないんだ。神仏習合といって、仏教や神道を国が合わせて取り入れて、神宮寺が作られたり」

「授業で習った気がします」

「でも、それは明治期に神仏判然令が出されてから廃止されたんだよ。村は明治にできたはずだ。あれがあるのは少しおかしい」

月野は真剣な眼差しで聞いていた。

「手の甲を打ち合わせるお参りなんて聞いたことがないし、それに、あれは石段を下ったところにあったよね？　普通は神様の祭壇は余程のことがない限り高いところに建てるはずなんだ」

「私も前に神社で死ぬほど階段を上らされました。じゃあ、これは……」

「うん、それに、村のひとが死んだとき名前を書く木の板があったよね。明治期からこの村が本当にあるなら、いくら小さな村だからって少なすぎる。一枚の板で足りるとは思えない」

「じゃあ、清香さんの話は嘘ってことですか」

僕たちは視線を交わした。

「大和を捜すついでに、もう一度祭壇に行ってみよう」


畦道を急ぐ間も、村人たちは呑気に話しかけ、採れたばかりの作物を食べさせようとした。何とか躱しながら、急いでいる自分が馬鹿らしくなりかけると、月野に脇腹を小突かれる。

「絆されないでください」

「挨拶を返してるだけだよ。ほら、そっちの方が警戒されないし」

溜息をつかれながら、昨日の祭壇まで辿り着いた。変わったところはない。鳥居の足元には煙草の吸い殻が落ちていた。

「これ、昨日の大和さんの……」

月野が呟いた。

「神社で煙草を吸うなんて」

僕は呆れながら、吸い殻を拾った。湿った感触とヤニの臭いが指に染みて嫌な気分だった。腰を屈めると、低い視界に妙なものが映った。

「どうかしたんですか？」

「いや、これ……」

僕が指さすと、月野も一緒に屈んだ。鳥居の付け根に鈍色の鈴のようなものが取り付けられている。

「神社でお参りするときに鳴らす鈴でしょうか」

「こんなに小さいのが？」

僕は更に近づいて眺める。鈴の割れ目から赤い光がチカチカと明滅した。胸の奥が凍りつく。僕は身を起こし、月野を自分の身体の陰に立たせた。

「何ですか？」

「電子機器だ。カメラか盗聴器だと思う」

月野が目を見張る。僕は声を潜めた。

「昨日ここで大和と話をしたんだよね」

月野は強張った顔で頷いた。昨日の放送は大和が村を警戒していると知ったからだとしたら。月野は溜息をついた。

「神のお告げなんて大嘘ですね。この村の人間が見張ってるんですよ」

「何のために？」

「それはまだ……。ですが、村ぐるみで何か企んでいるのは確かでしょう」

信じられないが、丸っきり妄想とも思えなくなってきた。僕は陰鬱な気持ちで首を振る。

「とにかく、大和を捜しながら調べてみよう。機器には気づかないふりをして」

月野は首肯を返し、境内を見て回るふりをしながら観察を始めた。僕も彼女から目を離さずに動き回ったが、特に気にかかるものはない。

「そうだ」

「環さん、どうしたんですか」

「もし、あの電子機器が何かと通信してるなら、ここなら電波が入るかも」

僕は鳥居から離れ、仏像を囲う庇の中に入った。スマートフォンを開くと、僅かだが電波が通っていた。月野も自分の機器を取り出す。

「まずは『くねくね』で調べてみようか」

検索エンジンに打ち込むと、呆気なく予測ワードが現れた。

くねくねは二〇〇〇年代初頭にネット上に書き込まれた怪談が発端らしい。夏の田んぼや河原などの水場に現れ、白い身体をくねくねとうねらせる謎の存在で、直視してしまうと精神に異常をきたすそうだ。月野が眉間に皺を寄せた。

「やっぱり都市伝説を基にした仕掛けだったんですね」

「でも、くねくね自体は創作でも、実在の伝説や土着信仰から着想を受けたものかもしれないよ。前に僕が言った蛇神とか」

月野は承服しかねるという顔をした。

「そうだとしても、くねくねには密告者や内通者を告げるような話は出てきません」

「確かに、そこに鍵があるかもしれない」

昨日の声は今日の犠牲者を告げていた。言い伝えの中で密告者がどうなったかは知らされていない。犠牲者ということは村人に殺されたんだろうか。

「また調べなきゃいけないことが増えましたね」

「こういうときは闇雲に調べず、ひとつの出典から参考文献を辿る芋づる式が効率いいんだよ」

僕は険しい顔のままの月野に向けて苦笑した。

「レポートに追い回される文系大学生だからさ」

月野は笑ってくれなかった。都市伝説をまとめたサイトのリンクを三回飛んで、それは現れた。


「NNN臨時放送……」

こちらもネット発のデマだ。まだ国営放送が深夜前に終わってしまう時代の話だ。画面上のカラーバーに突然「NNN臨時放送」のテロップが映し出され、映画のエンドロールのように人名と彼らの名前と年齢のリストが流れる。それが終わると、「明日の犠牲者は以上です。おやすみなさい」と表示されて、元の画面に戻るというものだ。

「これですね……」

月野の声に僕は頷く。さすがにもうたまたまネットロアに似た土着信仰だとは思えない。

「まるで、くねくねのためにつぎはぎで神社や信仰を足したみたい」

僕の喉から声は出てこなかった。清香がこんなことに加担していると信じたくはないが、証拠が揃いすぎている。思考をやめたいのを必死で堪えた。信じるためにはまず確かめなきゃいけない。

僕はふと思い至って月野に向き直った。

「そういえば、月野さんはあの放送を録音していたよね。聞かせてくれないかな」

月野は怪訝な顔をした。

「いいですけど、聞いて大丈夫なんでしょうか」

くねくね

２０００年代にインターネット掲示板に書かれた怪異。
「くねくね」は白色でくねくね動く存在で、遠間に見えるその正体を直視すると精神に異常をきたす、と噂される。

『何だったの？』
『わかラナいホうガいイ……』

ID:3mfvkai.
56　お爺ちゃんの田んぼの中で、人ぐらいの大きさの白い物体が、くねくねと動いてた。

兄は興味津々で、買ったばかりの双眼鏡持ってきて覗き始めた。

すると、急に兄の顔はぼんやり虚ろになり、ついには持ってる双眼鏡を落とした。

ＮＮＮ臨時放送

「国営放送の放送終了後に謎の映像が流れる」という都市伝説である。「明日の犠牲者」という番組が突然深夜に流れる。ＢＧＭとともにスタッフロールのように流れる名前は、明日死亡する人間である。

『明日の犠牲者はこの方々です、
おやすみなさい。』

ID:e8k5mcq
133　深夜にテレビをつけたら
突然ＮＮＮ臨時放送と出て廃屋の様子が流されていた。

突然人の名前を機械音声ように読み上げ始めた。

だいたいそれが５分くらい続いたでしょうか、最後に

「わからない。けど。たぶん、清香がお参りで手の甲を打ったり、低い場所に祭壇があるのが手かがりだ」

「どういうことですか」

「わざと不吉であり得ない信仰の形態を作ってるんだと思う。その録音、音質を上げることはできる？」

月野は不承不承といった風にスマートフォンを出し、録音アプリの再生を押した。

嵐の最中の川のようなノイズが流れ、低く暗く音が這い出す。

背筋をナイフの背で撫でられるような寒気が走った。僕たちは不快感と闘いながら音量を上げる。

「一、二、三、四、五、六、七、八、九、十……川部　倶檷倶檷止　川部……」

僕たちは同時に息を呑んだ。

「清香さんが言っていた祈りの言葉ですよね」

「うん、しかも、わかった……」

腹の底にわだかまった冷たいものを吐き出すように、僕は呟く。

「たぶんこれの元は『布瑠の言』っていう祝詞なんだ。祝詞ってわかるかな。大昔の祭事や神聖な儀式に使われる呪文みたいなものだよ」

月野は曖昧に頷いた。

「一から十まで数えるこの祝詞はひどく強力で、死者も生き返らせる力があると信じられていたんだ」

「それじゃあ……」

「確信はないけど、由緒ある信仰とは思えない。もっと最近にできた、つぎはぎの新興宗教みたいなものじゃないかと思う」

「都市伝説のような実体のないものに信憑性を吹き込むために使ってるんですね」

彼女の言葉に、ある考えが浮かんだ。

「それに、お参りのときに手の甲を打ち合わせていたこともだ。あれは裏拍手って言って、幽霊がやるものだとされるんだ。死者は生者と逆のことをするって」

「本当ですか？」

「出典が定かじゃない。これも都市伝説だよ。でも、祈りのための行為を反対にしているなら、まっとうな祈りじゃない。ここにあるのはちゃんとした宗教じゃなく、よくないものかもしれない」

清香はこれを知っているんだろうか。もしかしたら、何も知らずに洗脳されているか、大和が言っていたように何らかの事情で帰れなくなっているんじゃないか。

僕は月野に向き直った。

「清香さんのところに行ってくる」

「正気ですか。彼女も村人ですよ」

「騙されてたり、脅されてるのかもしれないだろ！」

声をあげたとき、ガタリと音を立てて背後で重いものが倒れた。僕と月野は飛び退って衝撃の走った方を見る。

視界の端に白いものが泳いだ。僕は慌てて目を閉じる。

「月野さん、見ちゃ駄目だ！」

まずいと思って身構えたが、昨夜の頭痛は襲ってこなかった。固く目蓋を閉じていると、月野の声が聞こえた。

「環さん、目を開けて大丈夫そうです」

僕は警戒しつつ目を開く。月野が呆れたように祭壇の奥を指していた。

くねくねに見えたものは白い布の塊だった。先程の衝撃で落下したのか、ガムテープが半分取れた段ボールが転がり、中から大量の白い布が溢れていた。

「何だこれ、何でこんなものが……」

僕は近づいて布を摘み上げる。シーツに似た白布は両手で伸ばしても余るほど大きい。人間ひとり包み込めそうだ。布の端には油性ペンで数字が書かれていた。

「何に使うんだろう」

「村人はこれをかぶってくねくねのふりをしていたんじゃないですか」

「そんなことして何の意味が？」

「くねくねが存在するんだと思わせるためですよ」

僕は首を捻る。月野の言う通りだとしたら、本当に村全体で仕組んでいるのかもしれない。

「ただ、本当に偽物なら、私たちがあれを目撃したときに起こった強烈な頭痛はいったい」

「確かに……本来くねくねは見ただけでおかしくなってしまうものなら、何度も見た僕らが無事なのはおかしい。でも、人間が演じているだけの偽物なら、納得がいく」

「確かに……あれがあったから、本物だと思ったわけだし」

僕が考え込んでいると、月野が声を上げた。

「もしかして頭痛や恐怖の原因は、ＮＮＮ臨時放送なのでは？」

「何故？」

「くねくねが出現する前には必ず臨時放送が響いていました」

「……サブリミナル動画みたいに人体に影響を及ぼす音……ってこと？　くねくねを見ると正気を失うと思いこませるため。理屈としては納得できるけど、そんなことが可能なのかな」

「もう少し調査してみましょうか」

手掛かりを探して祭壇の内部を歩き回っていると、奇妙なものが見えた。

仏像の後ろに人間の大きさほどの白いものが横たわっている。大量の白布とは違い、茶色じみた液体が滲んでいる。コーヒーや鼻血を拭いた特大のティッシュペーパーを丸めたようだ。月野は白い塊に歩み寄って、布のほつれ目に手をかけた。

「月野さん、危ないよ！」

止める間もなく、彼女はサッと布を解く。月野の顔から血の気が失せ、彼女は口元を押さえて飛び退った。ふらついて倒れそうになる月野を間一髪で支える。

「一体何が……」

言いかけて、僕は布の中にあったものを直視してしまった。

「嘘だろ……」

視界は鮮明なのに脳が受け入れない。


真っ白な布に包まれた大和の身体は土気色で、一目で死んでいるとわかった。

青黒い舌を出し、眼球には充血した血管が蜘蛛の巣のように走っていた。そして、死後硬直した腕は布の両端を握りしめている。

大和は自分で自分の首を絞めたような姿で死んでいた。僕は必死で腹の底から湧き上がる吐き気と怒りを堪えた。

「何で……こんなひどいことを……」

僕だって大和のことは気に入らなかった。でも、死んでほしいなんて思っていなかった。誰だってこんな風に命を奪われていいはずがない。

後退った僕の肩を支えたのは月野だった。月野は青白い顔をして冷汗をかいていたが、大和の死体から目を離さず、しっかりと見据えていた。僕よりずっと若い女の子なのに、僕よりもずっとちゃんとしている。

彼女はクラス全員の死を経験していたんだと思い出した。僕はせり上がった胃液と唾液を無理矢理飲み下して深呼吸した。

「月野さんの言う通りだ。この村はおかしい……」

月野が力なく頷く。

「大和さんは自殺したってことですよね……」

「人間が自分の首を絞め続けて死ねる訳ないよ。大和は……」

自分が口に出した言葉が冷ややかに響いた。僕は汗を拭って続ける。

「この村は殺人カルト集団なんだ。くねくねもNNN臨時放送も人為的なものだ。怪奇現象なんかじゃない。理由はわからないけど、村のひとたちは大和や僕たちみたいな外部の人間をおびき寄せて、定期的に殺しているんだ」

月野は小さく呻く。

「最初の放送で名前が呼ばれたひと、清香さんは知らないって言っていましたけど、村の記念碑に名前が確かにあったんです。村の中でも従わないひとを殺しているのかも」

「村の掟を強固にするための見せしめや生贄のようなものかもしれないな。最悪だ」

「いえ、もっと別の……たぶん、この村自体が都市伝説を広めて実態を持たせるための実験会場なんだと思います」

耳障りな羽音と共に蝿が飛んできて、大和の上を旋回する。ぬるい空気に死臭が滲み出した。月野は言った。

「村から逃げましょう。元凶を突き止める前に何が起こるかわかりません。それに、死んだら元も子もありません」

「そうだね、でも……」

清香の元に向かいたいが、月野まで危険に晒す訳にはいかない。月野だけ逃して、僕は清香の家に行くべきか。

日差しが強くなった。違う、陽光より人工的で底冷えするような光はヘッドライトだ。顔を上げると、石段の上の畦道を傷だらけの古びた車が走っていた。
空からは擦り切れたテープのようなノイズが流れている。車が石段の上を過ぎる前に、ノイズが途切れた。

「尾田環、月野明……明日の犠牲者は以上です。おやすみなさい」

辺りが急に暗く陰った。

倶爾倶爾

空は真夜中のように突然暗くなっていた。まだ昼だったはずなのに。私は環の横顔を見る。彼は取り乱す寸前だった。

「何でこんな……ただの人為的な仕込みじゃないのか？」

暗さと蒸し暑い空気に悪夢の中のホームが蘇（よみがえ）った。恐怖と怒りが同時に押し寄せる。

「呪いは本当に信じられないことを起こすんです。現実とは別の空間に私たちを連れていくようなことが」

環は沈鬱（ちんうつ）な表情で空を見上げた。

「とにかくここを出よう」

私と環は駆け足で石段を上がり切る。ジージーと鳴く虫の声が闇の中で私たちを探す電波のようだった。

ただでさえ土地勘がないのに、こんなに暗いと何処（どこ）に向かっていいかわからない。

村からの抜け道はあるだろうか。

畦道の方を見た瞬間、目の前から真っ黒な突風が迫ってきた。

「環さん！」

私と環は突っ込んできた巨大な塊をすんでのところで避け、アスファルトに突っ伏した。道の凹凸が肌にかみついて鈍い痛みが走る。後方で急ブレーキの音が響いた。

「月野さん、大丈夫か！」

「はい、何とか……」

顔を上げると、私たちに向けて突進してきた車がアスファルトにタイヤ跡を残して停車していた。私たちを轢き殺そうとしたんだ。そう思った瞬間、全身の毛穴から汗が噴き出した。

「環さん、早く逃げないと！」

足をもたつかせる環を無理矢理立たせたとき、車の運転席から日焼けした老人が顔を覗かせた。清香の家に招かれていた村人のひとりだ。

「駄目じゃナいか、逃げちゃア」

車道を渡ったら危ないよと諭すような自然な口調と笑顔だった。背筋が寒くなる。

呆然とする私たちに、助手席から老婆が身を乗り出した。

「そうヨお、余所から来たひとがあぁして呼んでもらえるなんてありがたいコとなんだから」

環が真っ青な顔で声を震わせた。

「どういうつもりなんですか。何で僕たちを狙うんですか！」

夫婦は同時に顔を引っ込めた。フロントガラスに顔を見合わせて笑うふたりが映る。笑い合ってから、運転席と助手席から老夫婦がそれぞれ首を伸ばした。

「だってテ、悪いことをしタなら神様に許してもらわなきゃナあ」

「ナかなかなイのよ。ちゃんと罪を償う機会を用意しテもらえるナんて」

「村の一員として認めラれたってコとなんダ。ちゃンと務めを果たサなきゃなあ」

夫婦の笑い声に交じって土手の向こうから怒号が聞こえだした。視界の端に虫のように集まって走る人間の集団が見える。農具を振り上げた村人たちが四方から私たちに向かっていた。

「月野さん、あれ！」

「わかってますけど……！」

老夫婦の車がエンジンをふかし、助走をつけるようにUターンする。

「危ない！」

環に肩を掴まれて後ろに飛び退った瞬間、ずどんととんでもない衝撃音が響いた。

私たちを飛び越えて土手に突っ込んだ老夫婦の車が見る間に転げ落ちる。車体が地

面に激突して跳ね、轟音と共に異臭の絡んだ黒煙が噴き上がる。

私たちは絶句してそれを見つめた。窓は粉々に割れ、隙間から上がる煙に炎の色がちらつく。私は一歩後退った。

ガラス窓から血塗れの腕が突き出した。環が呻く声が響く。腕は闇雲に辺りを探り、ガラスが肌を切り刻むのも構わず暴れ回った。火傷の黒と血の赤に染まった腕が窓枠を掴み、ガラスを頭が突き破った。

私と環は同時に声をあげた。顔中に破片が突き刺さって割れたスイカのようになっているのがわかる。老人は腕の関節も傷にも構わず車から這い出した。

バリンと音が響き、助手席の窓からも人影が現れる。彼の妻は髪が焦げてスチールたわしのようになっていた。頭頂部にはまだ炎がついている。

死んでもおかしくない重傷で、夫婦はぼんやりと佇んだ。

「嘘だろ……」

環の呟きに夫婦が白濁した目を向けた。

「殺サなイと……」

「ソうよ、このマま逃がしタら私たチが……」

両腕をだらりと垂らし、覚束ない足取りで数歩進むと、ふたりは同時にこちらに向けて駆け出した。

「逃げよう！」

環が私の手首を掴んで駆け出す。私はもつれる脚で走った。

真後ろから焦げ臭い匂いがする。振り返ると、老人がすぐ近くまで迫っていた。脚は反対方向に折れ、歩みを進めるたびに嫌な音が響く。彼の妻は肩まで炎に巻かれながら無表情に夫の後ろを走り続けていた。

そして、その向こうの黒い川に白いものが揺れている。風に煽られる炎のようにくねくねと。遠くなりかけた意識を環の声が引き戻した。

「月野さん！」

叫ぶが早いか、環は私の腕を引っ張り、道端の藪の中に飛び込んだ。

「何するんですか！」

環は押し殺した声で言った。私は彼が指さした方を見る。

四方八方から現れた村人たちが畦道に押し寄せていた。皆、焦点の合わない目でふらついている。これも猿夢と同じ悪夢だろうか。

思わず呻き声をあげると、村人たちが一斉に振り向いた。しまったと思う間もなく、村人が雪崩のようにこちらに駆けてきた。

映画の中のゾンビのように涎を垂らしながら迫ってくる。勢いに呑まれた何人かが転んだが、後ろにいた者は気にも留めずに仲間たちを踏み潰して進んでいる。ぐげっと、内臓から漏れたような声が聞こえる。

「月野さん！　早く！」

頭痛が走る。頭を打ったせいじゃない。


川岸にくねくねがいる。


都市伝説が完成してしまった。村の人間たちはこれを見ておかしくなったんだ。

「逃げるって言ってもどこに……」

私は酸欠の頭を必死で巡らせる。どこに逃げれば安全か。退路はない。これでは神社に戻るしかない。

そのとき、ふと思った。何故神社に村人たちがくねくねを真似るための衣装があったのだろう。

村のどこかでくねくねを演じるにしても、神社の長い階段を考えると不便極まりない。人目につかない裏口でもあったのだろうか。

それにいま思えば、私たちが目撃した時、偽のくねくねは突如現れては消えたように見えた。

「……隠し通路に逃げ込んだ、とか？」

苦しいがこの想像に賭けるしかない。

「環さん！　神社に戻りましょう」

彼が振り返った。

「神社？　一番危険だよ！」

「もしかしたらあそこには村の各地に繋がる抜け道があるのかも！　それを使ってくねくねが出現したように見せかけていたんですよ！」

環は少し黙ってから頷いた。

私たちは暗い石段を駆け下りた。村人の呻きと足音、読経のような放送が響き続けている。私たちは土足で祭壇に駆け上がった。

「抜け道は……」

環が焦りながら祭壇の中を掻き回す。探し回ってもそれらしいものは見つからない。放送の音と村人たちの喧騒が四方から聞こえてくる。早く探さないと。そう思いながら、疲労でふらついて、私は思わず祭壇に倒れかかった。くねくねを模した気色の悪い台座からカチリと音がした。

「月野さん、大丈夫か！」

駆け寄った環が足を止める。台座は独りでに動き、祭壇の背が自動ドアのように開いた。中の空洞から水音が聞こえる。

どこまでもチープなつくりの新興宗教だ。私たちは無言で仏像の中に足を踏み入れた。

中には簡素な階段があり、下り切ると真っ暗な地下道になっていた。土を掘り抜いて造っただけのようで足元は地面だ。そこら中に葦のような草が生えている。息を切らせながら環が呟いた。

「本当にあったのか……」

地下通路は複雑にねじ曲がって、今私たちがどこまで来たのかわからない。急に道が上り坂になった。もつれる足を進めると、目の前が明るくなった。出口だ。私たちは足を速め、地下道を飛び出す。濁った水の匂いがした。

第一に川が目に入った。だいぶ上流まで来たようだが、まだ村の中だ。遠くに神社へ群がる人影が微かに見える。

バス停からは遠く離れた、妙なところに出てしまったようだ。絶望的な気持ちになった。

辺りを見回すと、目の前に巨大な水門があった。その根元に簡素なプレハブ小屋が建っていた。中にも村人がいたらどうしよう。私が迷っている間に、環は小屋の扉に手をかけた。

「大丈夫だ、誰もいない」

私は環の後を追って飛び込んだ。

小屋の中は埃くさい篭った空気が充満していた。室内なのに冷たい風が勢いよく吹きつけてくる。冷房の風だ。私の喉が勝手に鳴った。小屋に青白い光が満ちる。逆光に環の背が照らされた。

眩しさに目を細めながら、私は環の隣に並び、絶句した。小屋の壁一面をモニターが埋め尽くしていた。田舎の河原の掘っ立て小屋に似合わない、ビルの警備員室のようだった。

監視カメラの映像だ。

「何でこんなものが……」

私は唇を震わせる。十六分割されたモニターの映像は、死人の顔のように青白く、画素も粗い。それでも、見覚えのある場所が映し出されているのはわかった。

この村に降り立ったときのバス停。閉め切った商店。無人の黒い畑。河原の神像。大和が殺されていた祭壇。

室内を映しているものもある。畳張りの広間は、初日に宴会が催された清香の家だ。闇に染まって静まり返っているが、見間違えようもない。そして、畳んでもいない布団が置きっぱなしの個室。私が泊まっている民泊だ。

何もかも見られていた。私と環は言葉を失って立ち尽くした。

「何考えてんだよ……おかしいだろ……」

環が珍しく荒々しい言葉を吐く。私は一番上のモニターに目を留めた。

鬱蒼(うっそう)とした木々に覆われる巨大なスピーカーがあった。視線を下げると、モニターの前に並ぶ机に放送室の機械のようなものが置いてある。環は呟いた。

「ここでNNN臨時放送を流してたのか……」

環はハッとして、我に返ったように首を振った。

「ああ、こんなところにいちゃ駄目だ」

「そうですね、早く逃げないと」

「でも、清香さんを助けないと」

環は張り詰めた表情を浮かべていた。

「まだそんなこと言ってるんですか！」

私が声を荒げたとき、小屋の外から怒号が聞こえた。河原を映すモニターに、人間というより濁流のように固まって押し寄せる村人たちの姿がある。

「まずい、見つかる！」

「そんなこと言ったって……」

こんな小屋に押し寄せられたらひとたまりもない。かといって、逃げ場もない。

混乱を押し殺して後退った私の足に固いものがぶつかった。モニターの明かりを頼りに屈みこむと、足元に小さな取っ手がついた正方形の鉄扉があった。

環が言う。

「隠し扉かもしれない」

彼は取っ手を引いて扉を開けた。腐った水の匂いが噴き出す。私はスマートフォンを出して、懐中電灯代わりに中を照らした。

石造りの内部には黒い水が溜まって、鳥の死骸や落ち葉が浮いていた。腐臭に鼻を押さえる。環が荒い息をついた。

「地下水道だ。梯子がある。降りてみよう」

村人の足音が反響してくる。行くしかない。私は先導するように鉄の梯子を降りる環の後に続いた。

苔むした梯子は手が滑りそうになるだけでなく、柔らかな感触がぐじゅりと手の中で崩れるのが不快だった。皮膚が剥げかけた老夫婦の姿を思い出す。考えを頭から追い出しながら何とか降り、私は地上に足をつけた。

環は自身のスマートフォンを掲げて周りを照らした。

「これは……」

地下水道は肋骨状のアーチが広がる巨大な空間になっていた。田舎の治水工事でこんなものを造るとは思えない。

「何でこんなものがあるんだ……」

巨大な暗闇に声がこだまする。私が息を吐くと、環はこちらを振り返った。

「怪我はない？」

「はい。環さんは？」

「僕も大丈夫。でも、一体どうなってるんだ……」

「わかりませんけど、村人は何かに操られてるみたいでした」

「うん、普通じゃなかった。くねくねを見たからおかしくなったのかな」

「私も少しだけ見てしまいました」

環は少し考え込んでから顔を上げた。

「くねくねは村人が演じていた偽物で怪異なんていなかった。それなのに、何で……」

私は一呼吸おいて答える。

「くねくねを心から信じる人間が大半になったので、本物のくねくねが現れたのでしょう」

皆が存在を信じれば怪異は形を持ってしまう。それが怪異だ。

「どういうこと？」

「信じないひとは全員殺されてしまった……ということです」

大和のように。

環は蒼白な顔で項垂れた。

「教師に生徒全員を惨殺するように仕組んだこともありました。奴らは何でもやりますよ」

頭の上から粘質な水が降り注ぎ、肩や額を打った。底冷えするような空気に身震いする。

「これからどうしたら……」

「然るべき機関にこれを伝えよう。録音が証拠になる。そのためにもここを逃げ出して……」


「環くん」


場違いなほど朗らかな声が反響した。咄嗟に振り返る。汚水が降り注ぐアーチの下に清香が立っていた。しくじった。こんなところまで来るなんて。

「清香さん！」

歩み寄ろうとした環を必死で止めた。

「何やってるんですか！　危険ですよ！」

「でも、清香さんは……」

環は唇を引き結んで私の手を振り解いた。暗がりでよく見えないが、清香は微笑んでいるように見えた。環は水を跳ね上げ、彼女の元に向かった。

「環くん、どうして逃げちゃったの？」

清香は普通の恋人のように環の手を握った。

「どうしてって」

「大和くんのことを気にしてるなら心配しないで。環くんは彼と違って優しいって知ってるから。こうして私のところに来てくれたしね」

環の狼狽が手に取るようにわかった。清香は彼の頬に自身の額を押し当てる。

「帰ろう、そっちの娘と一緒に」

環は勢いよく顔を上げ、清香の肩を掴んだ。

「清香さんこそ東京に帰ろうよ」

「私の故郷はここだよ？」

「全部偽物なんだ。くねくねもＮＮＮ臨時放送も都市伝説を元に作られた偽物なんだよ。脅されてるなら怖がらなくていい。一緒に……」

「もう、何にもわかってないんだから。環くん、私は騙されても脅されてもいないよ」

「でも……」

清香の湿った忍び笑いが響いた。環は再び戸惑う。

「村の中にも何も知らないひとと知ってるひとがいてね。知らないひとはくねくねやNNN臨時放送を信じてる。私たちがそう信じるように仕向けたから」

「どういうことだよ……」

環が狼狽える横で、嫌な予感が私の脳裏を過った。都市伝説を人為的に作り上げる者がいる。清香は演説を始めるように息を吸った。

「私たちはこの村で都市伝説を作り上げようとしたの。あるひとたちの提案を受けてから、私たちはくねくねの伝説をでっち上げた。村を宣伝して、いろんなひとを呼んだ」

清香は大昔の伝説の英雄を語るような口調で言葉を紡ぐ。

あのときの岡阿弥先生と同じだ。いや、違う。先生にはまだ罪悪感があったけれど、彼女にはそれすらない。清香は爛々と光る眼で続けた。

「そして、後から移り住んだひとたちに、くねくねは何百年も前から存在する信仰だと思い込ませた。私たちでくねくねを演じたりもした。でも、大和くんみたいに信じないひとや偽物だって主張するひともいたの」

「それじゃあ……」

「そう。だから、そういうひとはNNN臨時放送で呼び出して、始末するの。神のお告げってことにしてね。そうしたら、みんな協力して彼らを殺してくれたし、村の連帯感も高まった」

「そんな、おかしいよ！　自分たちが何をしたのかわかってるのか？　人殺しの話をそんな笑ってするなんて……」

清香は更に口角を吊り上げた。

「最後の仕上げをしてくれたのは環くんたちだよ。ふたりが調べ回って村を不安に晒したから」

「何を言ってるんだよ……」

「村のみんなが不安を覚えてより信仰心を強くしたんだ。余所者が自分たちの神様を嗅ぎ回ってるって。本当にありがとう」

環は全身から汗を垂らしながら何度も首を横に振った。

「でも、清香さんは偽物だってわかってるんだろ」

「みんなが信じない真実は真実って言えるのかな？　逆にみんなが信じれば偽物を本物にしてもいいと思わない？」

「そんなのおかしいよ」

私は立ち尽くした。青い髪の少女が言っていたことが浮かぶ。信じたいものしか信じない気持ちが怪異を生かしているんだ。清香は一歩進み出た。

「私はここが好きだからいるの。環くんもいてくれたらもっと嬉しいな」

環は目を見開いて唇を震わせていた。彼は恋人の姿を真似た魔物を見るような視線を向けているのに、清香は変わらず親しげに微笑んだままなのが余計に不気味だった。

環はようやく口を開いた。

「清香さん……ここは都市伝説を作る実験会場なんだよね。じゃあ、故郷っていうのも嘘なのか？」

「ううん、本当だよ」

「自分の故郷とそこに住むひとたちがこんなことになって本当にいいのか！」

「もちろん。だって、私はそのために生まれ育ったんだから」

清香は教師に褒められたことを自慢する子どものように笑った。

「あのひとたちは都市伝説を実態を持った怪異として成り立たせる条件を調べたがっていたの。だからこの閉鎖的な村を箱庭として造り上げたの」

「どうして……」

「どうしてって、故郷のみんながこの国の未来のために働けるんだよ。それってとても素敵なことじゃない？」

　環は絶句している。彼は呆然自失だけど、私は先程からずっと気がかりなことがあった。

「国の……？」

　清香の言う、あのひととは誰のことなのか。あの少女から聞いた、都市伝説を作ろうとしている連中とは、まさか。考えを見透かしたように清香がふいに私を見た。ぞっとするような視線だった。

「環くんはさっきからどうして変なことばかり聞くの？　この娘に唆されたの？」

　環は声を張り上げる。

「違うよ。月野さんは関係ない」

「嘘つき」

　清香は悪戯っぽく笑い、それから目を伏せた。

「環くん、私は確かに隠してたこともあった。でも、嘘は言ってない。環くんが好きなことも、来てくれて嬉しかったのも本当だよ」

　真剣な眼差しに環が狼狽える。

「清香さん……」

「環くんは大和くんや他のひととは違う。私が誘わなくてもここまで探しに来てくれた。本当に嬉しかったし、少し期待してたんだ。環くんとならずっと一緒にいられるんじゃないかって」

「清香さん、一緒に東京に帰ろう……」

彼女は首を横に振った。その後ろに白い影が揺らめいた。

「環くん、村の外に行っても何も変わらないんだよ。だってもう……」

言葉の続きを聞く前に、脳みそを掻き混ぜられるような頭痛が走った。


清香の真後ろに巨大な白い塊がある。


シーツをかぶった村人とは違う。蛇がのたうつような、炎が燃え上がるような、くねくねと、くねくねと、おぞましい動きで揺れている。

あれは、見ちゃいけない。

そう思ったときにはもう遅かった。私の脳を掻き混ぜる無遠慮な指が頭蓋をすり抜け、壮絶な痛みを伴って、視神経と鼻を下る。涙と鼻水が溢れ出した。指は喉の奥まで迫り、息を詰まらせた。村に来た初日に見かけたときとは桁違いだった。

あのときは村人がくねくねを信じさせるために真似をしていただけの偽物だったから、あの程度で済んだ。

でも、くねくねを信じていないひとが殺されて、本気で信じている村人だけになった今、都市伝説が成立してしまった。蛹から蝶が羽化したみたいに。

叫びすら出ない。喉の奥に詰まった息で窒息しそうだ。見ちゃいけないと思ってるのに、私の目は針金で固定されたようにくねくねから離れてくれない。

環と清香の姿が見えない。

環と清香とは誰だっただろう。思い出せない。

酸欠で思考がまとまらないだけじゃない。何で私は今こんなことになっているんだろう。何をしにここに来たんだっけ。

私はここに来る前は何だったんだっけ。

自分が塗り潰されていく。

辺りが完全な暗闇に包まれたとき、視界にノイズが走り、青が見えた。

暗闇から飛来したバールが壁に衝突して火花を上げる。

清香が小さく叫んで蹲(うずくま)った。青い髪の少女はブーメランのように弾(はじ)けて戻ってきたバールを掴んで肩に担いだ。

呼吸が楽になる。思わず少女に縋りつきたくなった。

そうだ、都市伝説が完成したということは、彼女が出てこられるということ。出てこられるなら、彼女は必ず助けてくれる。

「あなた……」

唾液と涙まみれの私を見下ろし、少女は機械的に言った。

「前より酷い顔になるとは思わなかった」

罵倒されてるのに安堵で笑みが漏れた。環は蹲る恋人と私と少女を見比べて戸惑っている。私が少女に歩み寄ろうとすると、彼女は左手に提げた何かで私を牽制した。

「無駄話は御免。都市伝説が完成してやっと出てこられたけど、今回は時間稼ぎしかできない。猿夢よりこっちは強力だから」

清香は虚ろな笑みで少女を見下ろした。

「貴女、何でこんなところに……ううん、違うか」

少女は僅かに眉をひそめた。

「……私を知ってるの？」

「人違いだったみたい。貴女があのひとなら私たちの邪魔するはずないものね」

清香は肩を竦めた。少女は表情を打ち消して言った。

「情報を渡す気がないならこっちも用はない。あなたたちを止めて、都市伝説をぶっ壊すだけ」

「させないよ」

清香の背後で白い影が揺れる。少女は私を引き寄せ、耳元で囁いた。

「水門を開けて」

問い返すより早く、少女は私を突き飛ばし、鋭く叫んだ。

「行って！」

私は環の腕を掴んで思い切り引き寄せた。

「行きますよ！」

「行くってどこに？　待ってくれ、まだ清香さんが！」

私は振り返らず走り出した。暗闇の中をひた走り、見据えた向こう側に、私たちが降りてきた鉄の梯子があった。

少女が心配だけど、私が考えてもどうしようもない。私は汚水を蹴散らして、梯子を駆け上がった。後ろを見ると、環は戸惑いながらも何とかついてきている。

上がった先は、私たちが侵入したあの小屋だった。幸いまだ誰も侵入してきていない。私は青光りするモニターと操作用のパネルに取りつく。環が慌てて私に駆け寄る。

「月野さん、何する気だ」

「水門を開いて、川の水で地下水道のくねくねを押し流すんです」

「何だって……そんなことできるのか？」

「わからないけど、やらなきゃ」

私は闇雲に基盤を操作する。分割されたモニターの中で、無彩色の水門が冷たく聳(そび)えている。

私は手当たり次第にボタンを押したが、画面上の水門には何も起こらない。村人がドアを蹴破って、今この瞬間外から雪崩れ込んでくるかもしれない。清香とくねくねがこの瞬間にも上がってくるような気がする。落ち着け。ボタンを押す指が滑る。

「お願い……」

祈るような気持ちでボタンを押したとき、固く閉ざされた門が徐々に開いた。堰を切ったように濁った水の奔流が吐き出される。

白い飛沫がモニターを埋め尽くす。少し遅れて、次々と村中の水場を映したモニターが濁流に塗り潰されていった。画面に映る地下水道の暗闇も荒波の白に掻き消された。これで、やった。

私は細く息をついた。まだ、焦燥感が背中に張り付いている。そうだ。村人たちがまだいるかもしれない。外への扉の隙間を覗くと、数人の人影があった。

きっと、清香のようにこの村の実態を知る者たちで、急に清香の連絡が途絶えて焦っているんだろう。私は環に向き直って腕を掴んだ。

「さあ、早く逃げましょう」

環は微動だにしなかった。

彼は息を切らせながら頼りない表情で笑う。

「悪いけど、月野さんだけで逃げてくれないかな」

「何言ってるんですか」

「やっぱり清香さんが心配なんだ」

息が詰まるような思いがした。その笑顔は何となく伊波を思い出させた。母のために生きなきゃと言ったときの懐かしい笑顔。このまま置いていったら駄目だ。でも、止められない。私は大きく溜息をついた。

「どうせ止めても行くんですよね」

「ごめんね」

「いいですよ。ただし」

私は環の手を離した。

「死なないでくださいね。そういうの、もうごめんなんです」

環は驚いた顔をしてから、力強く頷いた。

「必ず清香さんを説得して帰るよ。わかり合えないことなんてないからね」

悲痛な笑顔から私は目を背ける。信じるしかない。私は生きて帰らなきゃ。あの音声を持ち帰ってみんなに知らせるのだ。

環が隠し扉の梯子を下って見えなくなってから、私は恐る恐る小屋を出た。幸い村人の姿はなく、焦げくさい煙と血の匂いが残っていた。

わき目も降らず暗い土手を駆ける。視界の隅に、村人たちの姿が映った。皆、糸が切れた人形のように座り込み、白濁した目で涎を垂らしている。私は見ないようにして足を早めた。闇から抜けると、外は明るくなっていた。淡い色が何層にもなった、夜明けの色だ。私は泥まみれのまま足を引きずって歩き出す。

腐りかけの木製のバス停が目に入った。疲労が泥に混じってまとわりついたように身体が重い。

ベンチに座り込んでしばらくすると、ガタガタと揺れるバスが見えてきた。

エピローグ

都会の夏は騒がしく時間が流れ、虫の声もしないし、土の代わりに熱されたアスファルトが広がっている。あの田舎（いなか）の村なんて存在していないようだ。

東京に帰ってから、環（たまき）の連絡先を聞いていなかったことを思い出した。これじゃ安否も確認できない。

どうすべきか悩んで、環の存在を知らせることと、告発を同時にできる術（すべ）に至った。

私は素性がバレないよう、ネットカフェをはしごしつつ、いろいろなＳＮＳにあの村のことを書き込んだ。「信じないなら音声があります」と付け加えて。

録音を直接貼るのは気が引けた。それを聴いたひとがくねくねを見てしまうかもしれない。これで効果があれば警察に持っていこう。私は自宅でスマートフォンを開き、自分の書き込みに反応があるか確認しようとした。

「嘘（うそ）……」

書き込みは跡形もなく消えていた。管理者に削除されていたり、アカウントごとなくなっているものもある。

誰の仕業だろう。電波もろくに通らないあの村の住民のはずがない。もっと巨大で底知れないものが仕掛けているのかもしれない。

ふと清香（きよか）の言っていたことを思い出す。

『村の外に行っても何も変わらないんだよ。だってもう』

私はゾッとして検索画面を閉じた。環は無事だろうか。私は唯一彼について知っている名前と大学の名前で検索した。ひとつだけアカウントが引っかかった。私は画面をタップする。作成は数年前だが、投稿は数件しかない。自己紹介を載せるｂｉｏと投稿には、何の説明もなくＵＲＬが貼られていた。私は少し迷ってからリンクを開いた。

「太陽と水の恵みで育ったハーブ、生産者の顔が見える安全と信頼の直通販売」

そんな文言の載ったホームページだった。どうやら有機栽培の野菜やハーブティーの通販サイトらしい。アカウントを乗っ取られたのだろうか。

諦めかけながらスクロールし続けると、目に飛び込んできた写真に心臓が凍りついた。

よく日焼けした顔に泥をつけた老若男女が微笑(ほほえ)んでいる。背景の木陰の向こうには煌めく川が流れていた。作物を抱える面々は、顔や身体(からだ)に包帯を巻いていた。中には明らかに腕を骨折していたり、顔半面を覆い隠した者もいる。

そして、その中央に環と清香がいた。肩と腰を抱き合って幸せそうな屈託のない笑顔を向けていた。

彼は呑(の)み込まれたのだ。わかり合えないものなんてないと言って。あの村の住人と同じだ。

地下水道で見た最後の笑顔よりずっと満足げに微笑んで。

私に味方はいなかった。わかっていたことだ。あの青い髪の少女以外に私と一緒に行ける存在なんていないんだ。

スマートフォンを投げ出すと、聞き覚えのある音楽が流れ出した。衝撃で動画アプリを開いてしまったようだ。流れているのは、私が前に見つけたシ者のバンドだった。新曲が投稿されたらしい。

前も孤独な戦いのときに寄り添ってくれた音楽だった。私はスマートフォンを拾い上げて画面を見る。相変わらず投稿者の顔は見えない。

そのとき、画面が波打った。まるで、放送を終えたテレビ画面のようなカラーバーが明滅する。あの少女が現れるときのようだ。

私はスマートフォンを握りしめた。逃げ方はとうに忘れてしまった。都市伝説はいつの間にか現実にすり替わっている。

仲間がいないなら、探せばいい。怪異に飛び込んでいく限り、私はまたあの少女に会えるはずだ。私は暗い部屋の中で微笑んだ。

参考文献

2ちゃんねる掲示板「死ぬ程洒落にならない怖い話を集めてみない？1」9・12・13（二〇〇〇／八／二）

2ちゃんねる掲示板「死ぬほど洒落にならない怖い話をあつめてみない？31」756・759・761・762・763・764（二〇〇三／三／二九）

2ちゃんねる掲示板「何故か怖かったテレビ番組～四幕目～」206（二〇〇〇／十一／二六）

あとがき

この度はお読みくださりありがとうございます。

本作はx0o0x_さんのボーカロイド楽曲の世界観をモチーフとしたノベライズ作品です。

最初にお声がけいただいたとき、たくさんの方々に愛され、コミカライズ等の展開もしている作品に自分が携わらせていただけるのが嬉しくも恐れ多くもありました。楽曲のファンの皆様にも新しい読者の方々にも楽しんでいただけたら嬉しいです。

普段は最近流行りのいわゆる因習村や神の祟りなど、怪談の舞台にしやすい古風な舞台のホラーを書くことが多いのですが、『きさらぎ異聞』は現代が舞台でＳＮＳやインターネットなども物語の重要なモチーフになる現代らしいホラーで、新鮮な気持ちで書かせていただきました。

スマホひとつあればどこでも行けて、奇妙なものを見つければ写真を撮ってＳＮＳにアップすれば一瞬で拡散されて誰かが答えてくれる令和では、怪談の舞台をどこに設定するかはいつも悩みどころです。そんな中で、現実と地続きなのに何のきっかけもなく迷い込んでしまえば出られない「きさらぎ駅」や、眠るだけで現実に影響を及ぼす悪夢に連れていかれる「猿夢」はまさにぴったりな舞台だと感じました。

コミカライズ版の『きさらぎ異聞』の主人公・渚（なぎさ）も、本作の主人公・月野明（つきのめい）も突如そんな状況に投げ込まれますが、そうなったら、結局頼れるのは己のみ。ふたりとも最初は怪異に翻弄されますが、ブチギレたときの暴力は結構強いです。

主人公に強くあってほしい気持ちもありつつ、怪異にもそれ以上に圧倒的でいてほしい気持ちもあります。本作で起こる様々な惨劇（さんげき）や怪事件にはある存在が見え隠れしますが、彼らにもそういった気持ちがあるのかもしれないと思いながら書いていました。自分含め、ホラーを好むタイプは人間と怪異両方の耐久テストをしたくなるのだと思います。

本作の主人公・月野はコミカライズ版にも登場します。漫画での彼女は本作よりいろいろなところがパワーアップした人物ですが、本作の時点での彼女はまだ雛のようなものです。数多の耐久テストを潜り抜けた月野がどう変わったかも併せて楽しんでいただけたら嬉しいです。よろしくお願いします。

木古（きふる）おうみ

きさらぎ異聞 NoVelize
～猿夢・くねくね～

2024年2月1日 初版発行

著　者	木古おうみ
担当編集	多田龍彦
発行者	野内雅宏
発行所	株式会社一迅社 〒160-0022 東京都新宿区新宿3-1-13 京王新宿追分ビル5F 株式会社一迅社 電話:03-5312-6131(編集部) 電話:03-5312-6150(販売部) 発売元:株式会社講談社 (講談社・一迅社)
印刷・製本	大日本印刷株式会社
D T P	株式会社KPSプロダクツ
装　幀	コードデザインスタジオ

ISBN 978-4-7580-2607-9

Format design:Kumi Ando(Norito Inoue Design Office)